大魚讀品
BIG FISH BOOKS

让日常阅读成为砍向我们内心冰封大海的斧头。

一月后，一年后

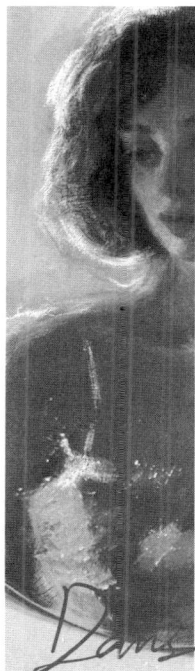

Dans un mois, dans un an

[法] 弗朗索瓦丝·萨冈 / 著

黄可以 / 译

浙江人民出版社

图书在版编目（CIP）数据

一月后，一年后 / (法) 弗朗索瓦丝·萨冈著；黄可以译. -- 杭州：浙江人民出版社, 2025. 6. -- ISBN 978-7-213-11506-6

Ⅰ. I565.45

中国国家版本馆CIP数据核字第2024TT8501号

浙江省版权局
著作权合同登记章
图字：11-2024-321号

Dans un mois, dans un an by Françoise Sagan
Dans un mois, dans un an © Éditions Julliard, Paris, 1957, 2008
Licensed by Éditions Julliard through Andrew Nurnberg Associates International Ltd.
Simplified Chinese translation copyright © 2025 by Beijing Xiron Culture Group Co., Ltd.
All Rights Reserved.

一月后，一年后
YI YUE HOU, YI NIAN HOU

［法］弗朗索瓦丝·萨冈　著　黄可以　译

出版发行　　浙江人民出版社（杭州市拱墅区环城北路177号　邮编　310006）

责任编辑　　卓挺亚

责任校对　　杨　帆

封面设计　　一　九

电脑制版　　书情文化

印　　刷　　河北鹏润印刷有限公司

开　　本　　787毫米×1092毫米　1/32

印　　张　　4.5

字　　数　　62千字

版　　次　　2025年6月第1版

印　　次　　2025年6月第1次印刷

书　　号　　ISBN 978-7-213-11506-6

定　　价　　48.00元

如发现印装质量问题，影响阅读，请与市场部联系调换。

质量投诉电话：010-82069336

致吉·舍勒 [1]

1　吉·舍勒（Guy Schoeller），法国阿歇特出版社编辑，萨冈第一任丈夫，1958 年与萨冈结婚，1960 年离婚。——本书注释均为译者注

"不能开始这么想，否则会疯掉。"

——《麦克白》，第二幕。

第
一
章

　　贝尔纳走进咖啡馆，几位食客在霓虹灯的光影中变了形。在他们的注目下，贝尔纳犹豫了一会儿，然后走向女收银员。他喜欢酒吧里的收银员——丰满、神气，迷失在满是金钱与火光的梦中。收银员面无表情地把零钱递给他，满是倦容。快凌晨四点了。电话亭很脏，电话机是湿的。他拨下乔西的号码，意识到自己急行军般地走了一整夜，穿过整个巴黎，把自己累到疲惫不堪，就是为了麻木地拨出这个电话。更何况凌晨四点给一个年轻女孩打电话也太蠢了。当然，她完全不会暗示他的粗野无礼，但是这种举动有点他自己讨厌的"捣蛋鬼"的意味。他不爱她，这正是最糟糕的，但是他想知道她在干吗，这个念头困扰了他一整天。

电话正在接通。他靠着墙，手伸到口袋里抓烟盒。嘟嘟声停了，传来一个满含睡意的男人的声音："喂。"紧接着就是乔西的声音："是谁啊？"

贝尔纳愣住了。他惊恐万分，害怕她猜到是他，害怕她突然识破自己突兀的问候。那是一个恐怖的瞬间。然后，他从口袋里拿出了那盒烟，挂掉电话。他又一次走回到码头上，低声骂了些脏话。与此同时，另一种令他厌恶的声音安慰着他："不过说到底，她又不欠你什么。你什么都没要求过她，她富有、自由，你不是她真正意义上的情人。"但是，这些想法转变成无数的苦恼与焦虑，转变成这种走向电话的冲动，成为接下来的日子中他最摆脱不开的念头。他曾假装自己是个年轻人，与乔西谈论人生、书籍，与她共度一夜。而这一切都是以一种漫不经心的方式进行的，雅致、有格调，应该说，乔西的公寓很适合这样的生活。但现在，他要回家了。他将再次见到自己糟糕的小说散落在书桌上，见到妻子睡在床上。这个时间，她总在睡觉。她孩童般的脸庞和金色的头发朝着门的方向，好像是害怕他再也不会回来了。她在睡梦中等着他，就像整个白天都等着他那样，焦虑不安。

男孩挂上电话。乔西目睹男孩接起电话，像是在自己家一样应答，克制着发脾气的冲动。

"我不知道是谁，"他不快地说，"他挂了。"

"那你怎么知道是'他'？"乔西问道。

"只有男人才会在夜里给女人家打电话，"男孩打着哈欠说，"然后再挂掉。"

她好奇地看着他，寻思着他在这里干什么。她不明白在阿兰家吃完晚餐后怎么会让他陪自己回来，又怎么会接着让他上自己家里来。他还算帅，但是太粗俗、没意思，远没有贝尔纳聪明，甚至没有贝尔纳有魅力——至少在某种程度上来说如此。男孩坐在床上，抓起自己的手表：

"凌晨四点，"他说，"真是个风流的时间。"

"为什么是个风流的时间呢？"

他没回答，却转向她，怔怔地朝她的肩膀上方看过去。她回看了一眼，然后试着把被子拉上来盖住自己。但是她的动作停住了。她明白他在想什么。他把她送回了家，粗暴地占有了她，然后在她身边睡着了。他平静地看着她。他几乎不关心她是谁，以及她怎么想他。在眼下这个确切的时刻，她是属于他的。而在她心里蔓延开的情绪，既不是面对这种确信的恼火，也不是愤怒，而是无边无际的耻辱感。

他抬起眼睛，看着她的脸，用低沉的声音命令她把被子拉下去。她掀开被子，他从容不迫地打量着她。她感到羞耻，不能动，也找不到她能一边转身趴下一边对贝尔纳或别人说出的潇洒从容的句子。他不会懂的，也不会笑。她猜，在他的脑袋里，只有一个念头，那就是觉得她完美、永恒、无知，而且这个念头永远都不会改变。她的心剧烈地跳动着，她想"我输了"，却伴随着一股心满意足的感觉。男孩俯身向她，唇上是一抹神秘的微笑。她眼睛一眨不眨地看着他靠近。

"电话的确应该发挥点作用了。"他说，然后任凭自己倒在她身上，动作突然又急切。她闭上眼睛。

我再也不能不把这男孩当回事了，她想，这永远不再是一个不重要的夜晚，它永远都和这个眼神联系在一起，和这个眼神中的某种东西联系在一起。

"你不睡吗？"

法妮·马利格拉斯发出一声呻吟："我哮喘犯了。阿兰，行行好，给我拿杯茶吧。"

阿兰·马利格拉斯好不容易从另一张床上爬起来，仔仔细细地穿上一件睡袍。马利格拉斯夫妇长得都很好看，彼此相爱多年，直到一九四〇年战争爆发。他们分开了四年，重逢的时候，彼此都有了诸多改变，也因为五十的年纪而有了诸多年岁的痕迹。他们无意识地采取了一种算得上感人的谨慎态度，都希望对彼此遮掩过去几年的印记。他们也同样对青春年少怀有强烈的偏好。人们略带赞同地说，马利格拉斯夫妇喜欢与年轻人为伍。这一次他们说的是真的。他们喜爱年轻人，不仅仅为了消遣，为了向他们吹嘘一些无用的建议，也因为他们觉得年轻比成熟更有意义。一旦时机浮现，他们两人中的任何一人都会毫不犹豫地落实这种意义。对年轻的偏好总是伴随着一种对新鲜肉体的自然而然的柔情。

五分钟之后，阿兰把托盘放到妻子的床上，同情地看着她。她消瘦暗淡的小脸因失眠而紧绷，只有她的双眼一如既往地美丽，带着一种令人心碎的灰蓝，闪光而迅敏。

"我觉得今晚的聚会挺不错的。"她边端起茶杯边说。阿兰看着茶水从她有些皱纹的脖颈滑过，脑中一片空白。他努力了一下，回答道：

"我不明白为什么贝尔纳总是不带他老婆来，"他说，"应该说，这一阵子乔西很有魅力。"

"贝阿特里斯也是。"法妮笑着说。

阿兰一同笑了起来。他对贝阿特里斯的欣赏是妻子和他之间开玩笑的一个哏。而她不会知道这个玩笑对他来说已经变得多么残忍。每周一，在他们开玩笑地称为"周一沙龙"的聚会之后，他总是颤抖着入睡！贝阿特里斯既美丽又火暴；当他想到她，这两个形容就会出现在他的脑海里，他能够没完没了地回想。"美丽又火暴"的贝阿特里斯会在笑的时候把她悲伤而阴郁的脸挡住，因为她笑起来不好看；贝阿特里斯会带着怒气聊她的工作，因为她在工作上还没取得成功；贝阿特里斯有点傻气，就像法妮说的那样。傻气——是的，她有点傻，但充满激情。二十年来，阿兰都在出版社工作，工资不高，有文化，很依恋自己的妻子。"贝阿特里斯的玩笑"怎么会成为这样一个男人每天早上起床时都要负担的、周一之前的每天都拖拽着的重担呢？因为每周一，贝阿特里斯都会来到他和法妮共同构筑的迷人又复古的家里。他扮演着自己——一个体贴、幽默、漫不经心的五十岁男人的角色。他爱着贝阿特里斯。

"贝阿特里斯希望在 X 的下一部剧里演个小角色……"法妮说，"三明治够吃吗？"

马利格拉斯夫妇在财务上费了一些力气才得以保障他们的聚会照常进行。威士忌成为聚会的惯例，这对他们来说是个灾难。

"我觉得够了。"阿兰说。他待在床边，双手垂在瘦弱的膝盖之间。法妮温柔而怜悯地看着他。

"你的诺曼底小亲戚明天要来了,"她说,"我希望他有纯粹的心灵、伟大的灵魂,希望乔西会爱上他。"

"乔西不会爱上任何人,"阿兰说,"或许我们可以试着睡觉了?"

他把托盘从妻子的膝盖上端起来,在她的额头、脸颊上亲了一下,然后重新躺下。他感觉冷,尽管开了暖炉。他是一个容易感到寒冷的老男人。所有的文学作品对他来说都无济于事了。

> 一月后,一年后,我们将怎样地受苦,
>
> 上帝啊,一片片海域将我与您分开,
>
> 这天能否重新开始,重新结束
>
> 使提图斯永远不与贝蕾妮斯相见?[1]

---

[1] 选自拉辛 1670 年的悲剧《贝蕾妮斯》。剧中罗马统治者提图斯出于对国家的责任放弃了对贝蕾妮斯的爱情。贝蕾妮斯离开了罗马,而提图斯留下来统治他的帝国。悲剧情境源于两个无法调和的需求。

贝阿特里斯穿着睡袍，站在镜子前端详自己。诗句从她的口中流出，如同一朵朵石之花。"我是在哪儿读到这些的？"她感觉自己被一种无尽的悲伤攥住，同时还有一种畅快的怒气。五年来，她背诵《贝蕾妮斯》，一开始是为了前夫，后来却是为了自己的镜子。她想要站在剧场，宛如一片灰暗而布满泡沫的大海前，简简单单地说句"夫人您请"——就算她能表演的台词只有这么一句。

　　"为此我什么都愿意做。"她对着自己的镜中影说，而镜中影对她笑了笑。

　　至于诺曼底的亲戚——年轻的爱德华·马利格拉斯，正登上那列将把他带去首都的火车。

第
二
章

贝尔纳这天早上第十次从椅子上站起来，走向窗户，靠在窗上。他受不了了。写作让他感到屈辱。他写的东西让他感到屈辱。在重读最后几页的时候，他被一种不能忍受的无理由的感觉攥住。没有任何他想表达的内容，没有任何他有时觉得自己感知到的实质性的东西。贝尔纳以为杂志撰写批评文章、为阿兰工作的出版社和其他一些报纸做审稿工作为生。三年前，他出版过一本小说，这本小说被评价为"平淡""有些心理学上的特色"。他有两个愿望：写一部好小说，以及，更近期的愿望——乔西。然而，词语继续违背着他的意愿，乔西则消失了，因为对一个国家或者一个男孩的突然迷恋而离开——我们永远也不得而知——她父亲的财富和她的魅力让她的愿望立刻就能得到满足。

"事情不顺利吗？"

妮可跟着他进来了。他和她说过让自己安静工作，但她还是忍不住不停地走进他的办公室，借口说自己只有早上才能见到他。他知道，她需要见到他才能活下去，但他不能承认。三年后，她每一天都更爱他，而这在他看来几乎像洪水猛兽一般，因为她不再吸引他。他喜欢的只是简单地回想，他爱的是他们相爱时自己的样子，是自己娶她之类的决定。而他，从那以后，再也没能做出任何一个类似的严肃决定。

"不，一点也不顺。像我这么开头，甚至永远都没机会顺了。"

"会顺利的，我很确定这一点。"

她对他抱持的这种温柔的乐观比任何事情都更令他感到厌烦。如果是乔西对他说这些，或者是阿兰，他或许可以从中获取某种自信。但是乔西什么也不懂——她承认这一点；而阿兰，虽然会鼓励他，可对于文学还是保持谨慎。"重要的是作品出版之后人们看到的东西。"他说。这句话会是什么意思？贝尔纳假装明白。但是所有这些莫名其妙的话语都让他不能忍受了。"写作只要有一张纸、一支笔，以及一个隐隐约约的想法，就可以开始了。"法妮说过。他挺喜欢法妮的。他喜欢他们每个人。但他谁也不爱。乔西让他恼怒。他活该恼怒。如此而已。足够叫人自杀的了。

妮可总是在家。她收拾屋子，花很多时间收拾这间小小的公寓，这间他让她整日独自待着的公寓。她既不了解巴黎，也不了解文学；两者都让她仰慕，又让她恐惧。对她而言，唯一能解锁这一切的钥匙就是贝尔纳，而他从她身边逃开了。他比她更聪明，更有魅力。人们会探究他。而此刻，她不能有孩子。她了解的只有鲁昂以及父亲的药房。曾有一天，贝尔纳和她说过，然后请求她原谅自己。在这种时候，他总是脆弱得像个孩子，泪流满面。但是相对于日常的极度残忍——比如午饭后就出门，拥抱时漫不经心，直到很晚才回家——她更喜欢这些审慎的残忍。贝尔纳和他的焦虑对她而言总是一种出人意料的礼物。我们不会嫁给礼物。她不能恨他。

他看着她。她很美，也很悲伤。

"今晚你想和我一起去马利格拉斯夫妇家吗？"他温柔地说。

"我很愿意。"她说。

她突然间看起来很幸福，愧疚攥住了贝尔纳，但这是一种太过古旧的后悔，如此过时，因此他从来不会对此多想。而且带她去其实没有任何损失。乔西不会在。哪怕他带着老婆去，乔西也不会注意。或者说，她只会和妮可说话。她会表现出这种虚假的善意，但是她不知道这些虚假的善意没有用处。

"我九点来接你。"他说，"你今天要做什么？"

很快，他意识到她没有任何答案能回答这个问题。

"试着帮我读一下这份手稿吧，我永远都没时间读。"

他很清楚这没有用。妮可对用文字写出来的东西怀着那样的敬意，对他人的工作抱以那般的欣赏，无论作品多么荒谬，她都无法给出任何一点点批评意见。而且，她会觉得自己必须读这份手稿，似乎希望能帮上他的忙。她想变得必不可少，他边下楼边愤怒地想，女人们的大嗜好……在一楼的镜子前，他惊讶地发现自己脸上被激怒的表情并为此感到羞愧。所有这一切都是一种可怖的混乱。

到了出版社，他见到了阿兰。阿兰看上去很兴奋。

"贝阿特里斯给你打电话了，她要你马上给她打回去。"

战争刚刚结束的时候，贝尔纳和贝阿特里斯有过一段激烈的关系。他对她表达出少许高傲的温柔，这显然让阿兰晕头转向。

"喂，贝尔纳吗？（贝阿特里斯用重要时刻才有的那种无比沉稳的嗓音说。）贝尔纳，您认识 X 吗……？他的剧都是在你们出版社出版的，不是吗？"

"算认识一点吧。"贝尔纳说。

"他在聊到下部剧的时候提到了我，他和法妮说的。我得和他碰面，和他聊聊。贝尔纳，替我搞定这件事。"

第 二 章

　　她声音里的某种东西让贝尔纳想起了他们年轻时候最美好的日子，那是战后，当他们各自放弃了资本主义的温柔窝、回到了为吃顿晚餐筹一百法郎的境况之中的时候。有一次，贝阿特里斯让以吝啬著称的酒吧老板预支给他们一千法郎。仅仅靠这个嗓音。大概，迫切到这种程度的意愿会成为一种罕见的事情吧。

　　"我来安排。我下午晚些时候给你回电话。"

　　"五点。"贝阿特里斯坚定地说，"贝尔纳，我爱你，我一直都很爱你。"

　　"两年。"贝尔纳笑着说。

　　依旧笑着，他转向了阿兰，无意间瞥见他脸上的表情。他立刻转回身去。贝阿特里斯的声音充满了房间。他接上话茬：

　　"行。不管怎样，我们今晚在阿兰家见？"

　　"嗯，当然。"

　　"他就在我旁边，你想和他说两句吗？"贝尔纳说。（他也不知道自己为什么要提这个问题。）

"不了，我没时间。转告他，我隔空给他一个拥抱。"

马利格拉斯的手已经伸向了听筒。背朝着他的贝尔纳看到这只手，悉心照料的、青筋凸起的手。

"我会和他说的，"他说，"再见。"

手落下了。贝尔纳等了一会儿，然后转回身来。

"她隔空给你一个拥抱，"他终于说，"那边有人在等她。"

他感到非常不幸。

乔西把车停在马利格拉斯夫妇家门前，图尔农街上。入夜了，路灯让引擎盖上的灰尘和粘在车窗上的蚊子都闪着光。

"要不，我就不和你进去了，"男孩说，"我也不知道和他们说什么。我还是去做点事吧。"

乔西既感觉松了一口气，又有点失望。和他在一起的这个星期，在乡下的这个星期，还挺难以忍受的。他要不就绝对沉默，要不就过于活泼。说到底，他的安静、

第 二 章

他的些许粗野，既让她害怕，又吸引她，且程度相当。

"等我完事，就去你家，"男孩说，"记得别回来太晚。"

"我不知道我会不会回去。"乔西气愤地说。

"那就跟我说一声，"他回答道，"我不能白跑一趟，我又没车。"

她不知道他在想什么。她把手放在他的肩膀上。

"雅克。"她说。

他面对面看着她，非常平静。她用手描摹着他脸的轮廓，他的额头微微皱了皱。

"你喜欢我吗？"他带着微笑说。

真有意思。他应该觉得我疯狂地爱着他之类的。雅克·F，医学生，我的军团士兵。所有这些都很搞笑。这甚至不是肉体的问题，我也不知道是因为他反射出的我的倒影将我吸引，或者因为他根本没反射出什么倒影，还是因为他这个人本身。但是他这个人没什么意思。他甚至肯定不算是无情的人。他存在，只能这么说。

"我挺喜欢你的，"她说，"还不是那种真正的爱情，不过……"

"真正的爱情是存在的。"他严肃地说。

我的天哪，乔西想，他应该迷恋于某个高挑苗条的金发女孩。我会因为他而嫉妒吗？

"你已经有过真正的爱情了吗？"她说。

"我没有，但我有个朋友有过。"

她爆发出大笑。他看着她，犹豫着要不要生气，然后也开始笑。他的笑不是一种快乐的笑，而是沙哑的笑，甚至是盛怒的笑。

贝阿特里斯带着一种胜利的姿态走进马利格拉斯家，即使是法妮也为她的美而震动。对于某些女人而言，没有什么比野心散发的危险气息与她们更相衬。爱情反倒令她们意志消沉。阿兰·马利格拉斯急匆匆地跑来见她，吻她的手。

"贝尔纳在吗？"贝阿特里斯问。

她在十几个已经到的客人里寻找贝尔纳的身影，恨

第　二　章

不得从跑来找她的阿兰身上踩过去。阿兰让开了，他的脸因残存的快乐和殷勤而变形，随后又因快乐和殷勤的突然跌落而变得滑稽。贝尔纳坐在沙发上，身边是他的妻子和一个不认识的男人。虽然着急，贝阿特里斯还是认出了妮可，旋即感到一阵怜悯：她坐得笔直，双手放在膝盖上，唇上挂着腼腆的笑容。我得教教她如何生活，贝阿特里斯想，她感受到自己身上一种类似于善意的情感。

"贝尔纳，"她说，"你真是一个令人讨厌的家伙。你为什么五点没给我打电话？我给你的办公室打了十通电话。你好，妮可。"

"我去见 X 了，"贝尔纳说，带着胜利的语气，"我们三个人明天六点去喝一杯。"

贝阿特里斯一屁股落在沙发上，稍稍挤开陌生的年轻男人。她说了声抱歉。法妮走了过来。

"贝阿特里斯，你不认识阿兰的亲戚爱德华·马利格拉斯吗？"

于是，她看向他，对他笑了笑。他的脸上有着某种难以抗拒的东西，一种年轻的神态，一种令人惊讶的善意。他那么惊讶地看着她。他惊讶的程度让她笑了起来。贝尔纳也走了过来。

"怎么了？我发型不对还是我看起来像个疯子？"

贝阿特里斯挺喜欢人们觉得她疯癫的。但是这次，她已经知道那个年轻男人觉得她美。

"您看起来不疯"他说，"如果我让您这么觉得，我很抱歉……"

他看起来如此窘迫，于是她尴尬地转过身去。贝尔纳笑着看她。年轻人站起来，迈着迟疑的步伐，走向了餐厅的餐桌。

"他为你疯狂。"贝尔纳说。

"听着，疯的是你，我才刚来。"

但她已经确信这一点。她很容易相信人们为她疯狂，但不会从中生发某种过分的虚荣。

"只有小说中才会发生这种事，但这的确是一个小说里会出现的年轻人，"贝尔纳说，"他从外省来巴黎生活，从未爱过任何人，并绝望地承认这一点。但是他的这种绝望马上就会改变了。我们美丽的贝阿特里斯将让他吃苦。"

"还是和我聊聊 X 吧，"贝阿特里斯说，"他喜欢男人吗？"

"贝阿特里斯，你想得太远了吧。"贝尔纳说。

"不是这样的，"贝阿特里斯说，"但我和男同非常合不来。这让我不舒服，我只喜欢健康的人。"

"我不了解男同。"妮可说。

"无所谓，"贝尔纳说，"首先，这里有三个……"

然而，他突然停下不说了。乔西刚刚到了，她一边在玄关和阿兰说笑，一边朝着客厅里瞥。她看上去很累，脸颊上有一道黑印。她没看到他。贝尔纳感到一种闷闷的痛苦。

"乔西，你消失到哪儿去了？"贝阿特里斯尖叫道，然后乔西转过身来，看到他们，勉强笑着走近。她看上去既疲惫又幸福。二十五岁，她保留着这种无所事事的青少年的氛围，和曾经的贝尔纳一样。

他站起来。

"我想，您还不认识我的妻子吧，"他说，"乔西·圣若尔。"

乔西笑了，没有眨眼。她抱了下贝阿特里斯，坐下了。贝尔纳在她们面前站着，重心放在一条腿上，除"她从哪儿来？十天来她干什么了？她要是没钱就好了"以外，什么都没想。

"我去乡下待了十天，"她说，"叶子都枯黄了。"

"您看起来有点累。"贝尔纳说。

"我也挺想去乡下的。"妮可说。她带着好感看着乔西，这是第一个不会令她惶恐不安的人。只有非常了解乔西的人才会觉得乔西可怕，因为那时她的亲切会显得致命。

"您喜欢乡下吗？"乔西说。

好嘛，贝尔纳带着怒气想，她会照顾妮可，会亲切地和她说话——您喜欢乡下吗？可怜的妮可，她已经把乔西当个朋友了。他走向吧台，决定大醉一场。

妮可目光跟随着他，而乔西面对着这目光感受到一种不快与怜悯交织的情感。她对贝尔纳抱有某种好奇，

但是他表现出来的样子和她自己太像了，太不稳定，以
至于她无法爱上他。他似乎也这么觉得。她试着回答妮
可，但又感到厌烦。她累了。在她看来，所有这些人似
乎都不属于她的人生。这次在乡下逗留得太久，她感觉
自己像是从荒谬之国的长长旅行中回来。

"……但因为我不认识有车的人，"妮可说，"所以我
未能去森林里走走。"

她顿了顿，又突然说：

"话说回来，即使是没车的人，我也一个都不
认识。"

这句话的苦涩让乔西惊讶。

"您就一个人待着吗？"她说。

但妮可已经慌乱失措：

"不，不。我只是随口一说，而且我很喜欢马利格拉
斯夫妇。"

乔西犹豫了片刻。如果是三年前，她就会问她，就
会试着帮帮她。但是她累了。为她自己、为自己的生活
觉得累。这唐突的男孩意味着什么，这沙龙又意味着什

么？同时，她已经知道，问题不再在于找到一个回答，而是要等到问题不再出现。

"如果您愿意，下次我去散步的时候，我来接您一起去。"她只是这样简单地提了一嘴。

贝尔纳的目的达到了。他有点醉了，还在与姓马利格拉斯的年轻人的对话里找到最大的乐趣。这对话的走向原本应该让他厌烦：

"您说她叫贝阿特里斯？她是演戏剧的，在哪里演？我明天去。您看到了，对我来说好好认识认识她很重要。我写了一部剧，我觉得她很适合演女主角。"

爱德华·马利格拉斯热情洋溢地说。贝尔纳笑了起来：

"您不是写好了剧本。您是准备好爱上贝阿特里斯了。我的朋友，您要受苦了，贝阿特里斯很友善，但是她也很有野心。"

"贝尔纳，别说贝阿特里斯的坏话，她今晚爱着您呢。"法妮插了句嘴，"对了，还有，我希望您来听听这个男孩演奏的旋律。"

第 二 章

　　她指着那个坐在钢琴前的年轻男人。贝尔纳过来坐在乔西脚边，他感到释出的动作，一种有待体会的自如。他应该对乔西说："我亲爱的乔西，这太恼人了，但我爱您。"而这可能是真的。他突然想起在他公寓的书房里，他第一次抱她时她手臂绕过他脖颈的方式，那种靠着他的方式，想起那时涌上心头的血。她那时候不可能不爱他。

　　钢琴家弹奏的乐曲很美，在他看来很温柔，伴随着一个不停重现的轻巧乐句，是一种让人忍不住扭过头去倾听的音乐。贝尔纳突然知道了要写什么，知道了应该对她解释什么：这句话是所有男人的乔西，他们的青春和他们最伤感的欲望。就是这样，他兴高采烈地想，是这个小句子！啊！简直是句普鲁斯特[1]，但世上已经有普鲁斯特了；说到底我和普鲁斯特没有任何关系。他牵起乔西的手，乔西又把手抽走了。妮可看着他，他对她笑

――――――――――――

1　马塞尔·普鲁斯特（Marcel Proust，1871—1922），20 世纪法国最伟大的小说家之一，代表作《追忆似水年华》。"萨冈"就是本书作者用普鲁斯特书中人物给自己取的笔名。

了笑，因为他很喜欢她。

爱德华·马利格拉斯是一个心思单纯的年轻人。他不会将虚荣与爱情混同，不对拥有除爱情以外的事物抱有野心。在卡昂失去了一切的他像个缴械的征服者一样来到巴黎，既不渴望成功，也不渴望拥有一辆跑车或是被什么人看好。他的父亲给他在一家保险公司里找了一个微不足道的职位，这一周来，他觉得这份工作已经很让人满意了。他喜欢公车站台，喜欢咖啡柜台，以及女人们向他送来的笑容，因为他有某种让人难以抵抗的东西。那种东西不是天真老实，而是一种彻底的无拘无束。

贝阿特里斯立刻点燃了他的激情，特别是一种强烈的欲望。这种欲望是他以前的情人——那个卡昂公证员——从来没有带给他的。更何况她来沙龙时散发着十足的诱惑力，潇洒、优雅、戏剧演员的身份以及勃勃野心。这些是他欣赏但不能理解的品质。然而总有一天，贝阿特里斯会仰起头对他说"对我来说，我的事业没有你重要"，而他将把脸埋在她黑色的头发里，亲吻这张悲伤的脸庞，让她不再作声。年轻人弹着钢琴时，他边喝柠檬水边这么想着。他挺喜欢贝尔纳的：他在他身上找到了那种讽刺又热闹的、专属于巴黎记者的气息，他在巴尔扎克的作品中读到过。

于是，他赶上两步，想和贝阿特里斯一起离开。但是她开了辆小车，是一个男性朋友借给她的。她提出开车送他回家。

"我可以陪你回家，然后自己走路回去。"他说。

但她觉得这样没有意义。于是，她把他丢在奥斯曼大道和特隆歇街那可怕的街角，离他家不远的地方。他看上去如此惊慌失措，于是她把手放在他的脸上，对他说："再见，小羊羔。"她很喜欢发掘人们与动物之间的相似之处。而且，这只小羊羔准备好温驯地走进她仰慕者的羊圈中了。此刻的羊圈正好有点冷清。说到底，他是个很漂亮的男孩。但是小羊羔还入迷于她从车门伸出的指尖中，他喘息的声音有点像被围困的野兽。那一刻她有点动情，于是她比以往更快地给出了自己的手机号码。他像一时兴起的年轻人一样脚步轻盈地走路穿过巴黎，而贝阿特里斯则在自己的镜子前背诵费尔德的大段台词。这是一个很好的练习。成功首先需要的是条理和努力，没人不知道这一点。

第
三
章

　　雅克第一次见到了一个月以来乔西提及的、神秘的
"其他人"，这场碰面令他有些不快。她费尽心思地向那
些人隐瞒雅克的存在，因为她试图打破她和他们之间的
某种关系，某种建立于良好品位的纽带，某种尊敬，某
种使这些人相互喜爱、使雅克在他们看来无法理解的东
西。除非他们从性的角度做出解释。可是在眼前这个例
子中，这种解释是一种谬误。或许只有法妮能懂。正因
如此，乔西决定先将雅克引见给法妮，再去见别人。

　　她要去图尔农街喝茶。雅克应该去那儿接她。他
告诉她，她遇见他的第一晚，自己在马利格拉斯家里出
现完全是偶然：他是被贝阿特里斯的一个追求者带去

的。"你甚至差点错过我，因为我极度无聊，正准备离开呢。"他补充道。她没有问他为什么那时不说"我差点错过你"或者"我们差点错过彼此"。他总是把自己相对于别人的存在表述为一种落在自己头上的意外——他又不明确表达他是否为此感到不快。最后，乔西觉得他并没有不高兴。他的出现显然是一个意外，而她已对此感到厌倦，只是暂时没有什么比她对他的好奇心更强烈。

法妮一个人在那儿，读着一本新出版的小说。她总是在读新书，但永远只引述福楼拜或拉辛，因为她知道什么会让人们印象深刻。她和乔西相互欣赏，但同样迷失方向，同时她们对彼此抱有一种不言而喻的信任，相信自己在别人身上可能永远无法产生类似的感觉。她们先是聊了聊爱德华对贝阿特里斯疯狂的爱以及贝阿特里斯在 X 的剧中得到的角色……

"X 的剧更适合她……比和可怜的爱德华一起演的这一出要好。"法妮说。

她很瘦小，发型考究，举止优雅。淡紫色的长沙发和英国家具都很适合她。

"您和您的公寓很搭调，法妮，我觉得这事不常见。"

"您的公寓是谁装的呢？"法妮问道，"啊！对。是雷维格。那很棒，不是吗？"

"我不知道，"乔西说，"人们都这么说。我不认为它适合我。另外，我也从没觉得哪些装修适合我。有时候我甚至不知道什么人适合我……"

她想到了雅克，脸红了。法妮看着她：

"您脸红了。我想您就是太有钱了，乔西。卢浮宫学院那边怎么样？您的父母呢？"

"您知道，对我来说卢浮宫学院就那样。我的父母一直在北非。他们总是给我寄来支票。对社会来说，我总是一样的无用。我倒无所谓，但是……"

她犹豫了一下，接着说：

"但是我狂热地渴望做些让我高兴……不对，是让我为之狂热的事情。我这句话里的'狂热'好像有点多。"

她停下了，又突然说：

"您呢？"

第 三 章

"我？"

法妮·马利格拉斯瞪大眼睛，有些滑稽。

"对。您总是在听我说。让我们换一下角色。我这样会不会不礼貌？"

"我？"法妮微笑着说，"但是我有阿兰·马利格拉斯了。"

乔西抬了抬眉毛。一阵沉默，她们看着彼此，仿佛她们年纪相仿。

"这么明显吗？"法妮问道。

她的语调触动了乔西，让她感到不自在。她站起来，开始在房间里走来走去：

"我不知道贝阿特里斯到底有什么。美貌吗，还是这种盲目的力量？她是我们中唯一真正有野心的人。"

"那贝尔纳呢？"

"贝尔纳热爱文学胜过一切。这不一样。而且他很聪明。任何一种愚蠢都毫无价值。"

她又想到了雅克，然后决定和法妮聊聊他，虽然她已经决定让雅克过来，看看他惊讶的样子。但这时贝尔纳进来了，他一看到乔西就露出了幸福的表情，法妮无意间注意到了这一点。

"法妮，您的丈夫要去参加商务晚宴，他派我来找一条雅致的领带，因为他没时间自己回来。他明确说了，要'我那条蓝色的芒黑条纹的领带'。"

三个人都笑了起来。法妮出去找领带了。贝尔纳握起乔西的双手：

"乔西，见到您我好高兴。但不幸的是，见您的时间总是如此短暂。您不愿再和我共进晚餐了吗？"

她看着他；他带着奇特的表情，交织着苦涩与幸福。他垂着头，黑色的头发，闪着光的眼睛。他和我很像，她想，他是我的同类 我应该爱他的。

"您想的时候我们就一起吃晚餐吧。"她说。

半个月来，她都是和雅克一起吃晚饭的，在她家里。因为他不想去餐厅，因为他消费不起，因为自尊心，他更适合在乔西家里吃晚饭。晚餐后，他"啃"课本，认真地学习，乔西就看书。这种半沉默的同居生活对习惯了夜行动物和诙谐谈天的乔西来说非同寻常。她突然意识到这种不寻常。然而门铃响了，她把手从贝尔纳的手中抽出来。

"有人要见您，小姐。"女佣说。

"让他进来吧。"法妮说。

回来以后，她驻足在另一扇门前。贝尔纳已经转身朝门口走去了。这好像在剧院一样，乔西想着，萌生出一种狂笑的冲动。

雅克如同斗兽场中的公牛一样出现，前额低垂，一只脚踏着地毯。他有一个比利时姓氏，乔西绝望地试图将其回想起来，但是他先开口了。

"我是来接你的。"他说。

他双手插在羊角扣大衣的口袋里，看起来很有攻击性。他真是拿不出手，乔西想。她已经笑得喘不过气来，可一看到他，又看到法妮的脸时，她体会到一种愉快而又嘲弄人的感觉。贝尔纳面无表情，就好像瞎了一样。

"还是要打个招呼吧。"乔西几近温柔地说。于是，雅克带着一种恩赐般的微笑，握了握法妮和贝尔纳的手。图尔农街上落下的太阳让他变红。有一个词用来描述这种男人，乔西想，是"生命力"，还是"男子气概"？

有一个词用来描述这种男孩，一旁的法妮想，这是个"混混"。我在哪儿见过他来着？

她旋即表现得很亲切。

"快请坐。为什么我们都站着？你们想要吃点什么？还是你们赶时间？"

"我吗？我倒是有时间，"雅克说，"你呢？"

他对乔西说。她点头同意。

"我得走了。"贝尔纳说。

"我送送你，"法妮说，"你忘拿领带了，贝尔纳。"

他已经在门口了，面色苍白。准备好与他交换惊讶眼神的法妮一动不动。他一言不发地出了门。法妮回到客厅。雅克坐着，笑着看着乔西。

"我和你打赌，刚才那个人就是打电话的那家伙。"他说。

他像着了魔一样走在路上，几近吼叫地嘟囔着。最后，他找到了一张长椅，坐下，双臂环抱着自己，好像身体发冷一样。乔西，他想，乔西和这个小畜生！在一种真实的肉体疼痛的支配下，他朝前俯身重新坐直。坐在他身边的一位老妇人惊讶又有点惊恐地看着他。他看到她，站起来，又开始走。他要把领带拿给阿兰。

我受够了，他决绝地想，不能忍了。糟糕的小说，对贱人的可笑感情！而且，她连个小婊子都不是。而我不爱她，我是嫉妒。不能再这样下去了，这太过分了，或者太微不足道了。与此同时，他下决心离开。我觉得随便来一次什么样的文化旅行都挺不错的，他自嘲地想，我也只会这些：文化文章、文化旅行、文化对话。文化，当我们不知道要做什么的时候，只剩下这个。那妮可呢？他会把妮可送回她爸妈那儿去待一个月。他试着重新掌控一切。但是离开巴黎，离开乔西所在的巴黎……？她会和这个男孩去哪里，去做什么？他在楼梯间里撞见了阿兰。

"终于，"阿兰说，"我的领带！"

他应该在看剧前和贝阿特里斯吃完饭。因为她直到第二幕才登台，所以他们可以吃到十点。面对面的每分钟都让他觉得很珍贵。爱德华·马利格拉斯——他的侄子，是阿兰为了在周一以外的时间见到贝阿特里斯而找到的借口。

拿到了崭新领带的马利格拉斯习惯性地为他宠爱的朋友——贝尔纳的糟糕气色而感到隐隐担忧。接着，他出发去酒店找贝阿特里斯。酒店在蒙田大道旁的一条小路上。他想象着；他不知道他在想象什么：贝阿特里斯和他在一间轻奢餐厅里，外面是汽车的声音，特别是他称为"可爱面具"的贝阿特里斯的脸，被灯罩透出的粉色的光笼住，朝他倾来。他——阿兰·马利格拉斯，一个有点无动于衷的男人，品位好，个子高，是个重要人物。他知道，在贝阿特里斯眼中自己是这样的一个人。他们会聊聊爱德华，先是宽容地聊，然后感到无趣，最后聊聊人生，聊聊人生从没少给那些美丽的女人带来的某种幻灭，再聊聊经历。他会在桌子上方牵住她的手。他不敢想象自己做出更大胆的行为。但是他不知道贝阿特里斯会怎么做。他害怕她，因为他已经料想到她会心情不错，会因为野心经受可怕的精神折磨。

　　然而这晚，贝阿特里斯却要让他失望了。X 戏剧导演的一些褒奖，一个有影响力的记者给予她的意料之外的关注，在有现实世界的支撑时，想象力便走上了一条笔直的大道，直接将她带向心理层面上的成功。于是今晚，整个世界都匍匐在她的脚下。时间和感情之间的妥协，让梦想与现实相匹配，这原本只能发生在一个平庸之人的想象中。她成了成功的女演员，她更倾向和有品位的文人对话，而不是夜店里不真诚的快乐，成功不能缺少独特性。这也是她为什么要把阿兰·马利格拉斯拖去所谓的知识分子小咖啡馆，尽管后者盘算着度过一个更奢华、有情调的夜晚。因此，阿兰和她中间有的并不是那盏粉红色的灯，而是服务员恼怒的双手、其他餐桌喧嚣的骚动以及一把可怕的吉他。

　　"我亲爱的阿兰，"贝阿特里斯低声说道，"怎么了？不瞒您说，您上次打来的电话让我非常好奇。"

　　（X 的新剧是一部历史侦探剧。）

　　"是关于爱德华。"马利格拉斯紧张地说。

时间在走，时间在走，他捏着手上的面包。他们碰面后的第一个半小时混杂着出租车、贝阿特里斯为了找到这不入流的地方给出租车司机的矛盾信息、要一个位子的恳求。他想要呼吸。而且他对面有一面镜子，他在镜子中辨认出自己有点萎靡不振的长脸——有的地方莫名凹陷，有的地方又莫名孩子气。生活偶然地在某些人身上留下痕迹，这使得这些人注定会难以预料地老去。他叹了口气。

"爱德华？"贝阿特里斯笑了笑。

"对，爱德华，"他说，这一笑容揪住了他的心，"这些会让您觉得很可笑（天哪，他在她看来得多可笑啊！），但是爱德华是个孩子。而且他爱您。自从他来到这里，他已经借了超过十万法郎了——其中五万是问乔西借的——为了以一种荒谬的方式穿衣打扮来讨您的欢心。"

"他送我的花都能把我淹没了。"贝阿特里斯说着又笑了。

那是一个完美的笑容，充满了有点厌倦的包容，但

第 三 章

是几乎不去电影院或糟糕剧院的阿兰·马利格拉斯没有
读懂这个笑容。在他看来，这个笑容是充满爱意的笑容，
他几乎想要立刻走掉。

"这挺烦人的。"他有气无力地总结道。

"有人爱我，这挺烦人的？"贝阿特里斯歪着头
说，她感觉要转移话题了。但是马利格拉斯的心猛跳
起来。

"我太明白了。"他热诚地说。而贝阿特里斯在心里
偷笑了一下。

"我还挺想吃点奶酪的，"她说，"和我聊聊爱德华
吧，阿兰。不瞒您说，他让我很开心，但是我不喜欢他
为了我借钱。"

有那么一刻，她甚至想承认自己的真实想法：那就
让他把钱花光呀！不然年轻人有什么好？但是除了这完
全不是心地善良的她应该有的想法，她也觉得这不应该
是对陷入绝境的叔叔说的话。阿兰看起来垂头丧气。她
像他梦想的一样倾向他，吉他声变得破碎，做作的蜡烛
在贝阿特里斯的眼睛里翻倒。

"我应该做些什么，阿兰？说实话，我能做些什么？"

他缓过气来，开始一顿含糊的解释。或许她可以让爱德华明白自己没有任何希望。

但他有呀，贝阿特里斯快乐地想。想到爱德华，想到他那么柔软的栗色头发、笨拙的举止、电话里快乐的声音，她就柔情四起。而且他为她借钱！她忘掉了 X 的戏剧，忘掉了这晚的角色，产生了见见爱德华、抱紧他、感受他因为幸福而颤动的念头。她只再见过他一次，在酒吧里，他当时定住了。他如此这般被迷住的样子让她感受到了某种骄傲。对爱德华而言，她所有的举动都成了一种美妙的礼物。她隐隐约约感觉到，自己和其他人的关系只能是这样的。

"我会做我能做的。"她说，"我以法妮的名义向您保证。您知道我爱她！"

多蠢啊！这个想法掠过马利格拉斯的脑袋，但是他绝望地坚守他的计划。现在，聊些别的，最后牵住贝阿特里斯的手。

"我们要不要离开这里，"他说，"第二幕开始之前或许我们可以去哪里喝一杯威士忌。我还不饿。"

我们可以去瓦特酒吧，贝阿特里斯想，但是那个地方会遇到好多人。当然，阿兰挺有名的，可只是在一个小圈子里有名，而他的领带让他看起来像个公证人书记。亲爱的阿兰，如此古老的法式风格！她将手伸向桌子的另一边，握住了阿兰的手。

"您想去哪里，我们就去哪里。"她说，"您在这里我就很开心了。"

阿兰擦擦嘴，小声要了账单。

贝阿特里斯用手轻轻拍了拍他的手以后，戴上了一只红色手套，和她的红鞋一个颜色。十点，在剧院对面的咖啡馆里喝了一杯威士忌，聊了"二战"及战后，贝阿特里斯说"当下的年轻人不知道什么是酒窖，也不知道什么是爵士乐"之后，他们分别了。这一小时左右的时间中，阿兰放弃挣扎了。他暗自雀跃地听着贝阿特里斯有条不紊地说着那些老生常谈的东西，时不时鼓起勇气欣赏一下她的脸庞。她有一两个与他调情的时刻，因为她这晚感觉精力充沛，但是他甚至没有察觉到她的殷勤。当我们把某件事情想成一种光彩夺目、千载难逢的机遇时，我们就不再能感知到最微小却最有效地把握机遇的方法了。阿兰·马利格拉斯读司汤达比读巴尔扎克更仔细，他知道人们可以蔑视自己喜欢的人，这让他付出了极大的代价。诚然，这一点或许让他避免了一次危机，但这次危机可能是决定性的。他这个年纪的男人，一旦陷入激情就更容易忘记尊重，但是他不像乔西那样有办法证明幸福的存在："这个男孩是属于我的。"

　　他像个小偷一样回到家里。他本可以和贝阿特里斯在酒店里度过三个小时，他本应该像个胜利者一样回家，因幸福而感到踏实。他没有背叛法妮，回到家时却满心愧疚。她在床上，拢着一个蓝色披肩。他在浴室里脱衣服，有一搭没一搭地聊着晚上的应酬。他感觉疲惫不堪。

　　"晚安，法妮。"

　　他俯身向妻子靠去。她把他拉过来贴着自己。他的脸在她的肩上。

　　当然，她会猜来猜去，他厌倦地想，但我想要的不是这干瘦的肩头，而是贝阿特里斯扎实浑圆的肩膀；我需要的是贝阿特里斯惊讶又兴奋的脸，而不是这双聪明的眼睛。

"我太不幸了。"他大声说。然后他抽身回到自己的床上。

第
四
章

　　他准备走了，妮可在哭——所有这些很早就预想到了。在贝尔纳看来，收拾行李的过程中他似乎可以预见自己的全部人生。他有讨人喜欢的外形、躁动的青春、与贝阿特里斯的关系、与文学更长久的关系，这些都再正常不过。更正常的是他娶了这个有点微不足道的年轻女人，现在，他让她忍受着一种动物般的痛苦，而他对此一无所知。因为他是个粗人，有着大部分男人都有的小残忍，也有着大部分男人都有的小故事。但他应该将令人安心的男性角色演到底。他转身走向妮可，抱着她：

　　"亲爱的，别哭了，你明白我必须得去。这对我来说很重要。一个月，也不久。你的父母……"

"我不想回我爸妈那儿，一个月也不想。"

这是妮可打定的新主意，她想要留在这间公寓里。
而他知道，每个夜晚，她都面朝门口睡，边睡边等着他。
一种可怖的怜悯占据了他的大脑，让他感觉自己好像的
确错了。

"你会无聊的，一个人在这里。"

"我会去拜访马利格拉斯夫妇，而且乔西答应开车带
我去。"

"乔西。"他松开她，愤怒地抓起衬衫塞进箱子里。
乔西。啊！这就是妮可，这就是人类的情感！乔西。他
什么时候才能摆脱这个名字，摆脱这种嫉妒？他生命中
唯一猛烈的事物。这一定是妒忌了。他恨自己。

"你会给我写信吗？"妮可问。

"每天都写。"

他想转身对她说："我甚至可以提前给你写好三十
封：'亲爱的，一切都好。意大利很美，我们以后一起
去。我有无比多的工作，但是我在想你。我想你。明天
给你多写一点。亲亲你。'"这一个月里他会给她写的就

是这些内容。为什么需要听到一些人的声音，但不需要其他的？啊！乔西！他给乔西写过信："乔西，要是您知道就好了！我不知道如何让您理解，我离您很远，离您的脸很远，只要一想到这一点，我就感觉四分五裂。乔西，我搞错了吗？我们还有机会吗？"是的，他知道，他会给乔西写信，从意大利写，在一个忧郁的晚上。他笔下的词语会变得痛苦而沉重，但充满生机。说到底，他会知道怎么给乔西写信。但是妮可呢……

她是金发女人，她还靠在他的背上哭哭啼啼。

"请原谅我。"他说。

"是我要你原谅我。我不知道……噢！你知道吗，贝尔纳，我试过了，我试过几次……"

"试什么？"他问。他感到害怕。

"我试过站在你的高度，给你帮助，伴你左右，但是我不够聪明，也不有趣，什么都不够好……而且我清楚知道这一点……哦！贝尔纳！……"

她喘不上气来。贝尔纳紧紧抱着她，请求她的原谅，以一种死气沉沉的声音固执地请求。

　　然后他就上路了。开着编辑借给他的车，又恢复了
单身男人的举止。一手点烟，一手放在方向盘上，在路
上玩玩车灯，忽远忽近，这是夜晚开车的司机发出的害
怕和友好的信号，迎面而来的树和树叶飞奔过去。他一
个人。他想要开一整夜，但他已经感到疲惫。他感受到
自己身上有一种顺从的幸福。什么都没有，或许吧，但
又有什么是重要的呢？还有别的，一直以来他都知道，
一些他自己的东西，他的孤独，而这让他兴奋。明天，
乔西会重新成为最重要的，而他又会无数次懦弱，遭受
无数次失败；但是今晚，在疲惫与悲伤的尽头，他找到
了某些他之后将不停找回的东西，他自己平静的面孔，
为树木的叶簇所抚慰。

　　没有什么比一座意大利城更像另一座意大利城的了，
特别是在秋天。从米兰到热那亚的六天里，贝尔纳在博
物馆和报社做了些工作，然后决定回到法国。他想要去
一个外省城市，在酒店房间待一阵子。他选择了普瓦捷，
因为普瓦捷是他能想到的最死气沉沉的城市。然后他在
普瓦捷选择了最平庸的一家酒店，叫作法国埃居。他故

意选择了所有这些环境，就好像他在为一场戏选场景。但他还不知道，在这个让他时而想到司汤达时而想到西默农[1]的场景中他要演哪一出戏。他不知道什么样的失败正等着他，也不知道会有怎样不真实的发现。但是他知道，他感到深深的厌倦，这或许是他出于绝望而刻意营造的，而这种厌倦、这种绝望或许能走得更远，让他从绝境中解脱出来。在开了十天车后他明白了，绝境不是他对乔西的迷恋，也不是他文学上的失败，甚至不是他对妮可失去兴趣。而是这种迷恋、无能、失去兴趣之中缺少某种东西。某种应该能够填满早起时的空虚和对自己的不满的东西。他放下武器，任凭自己糊涂。三个星期里，他要做的就是忍受自己，独自一人。

第一天，他确立了自己的日常路线。先去买报纸，然后去商业咖啡馆喝杯开胃酒，再去对面的特色菜馆，之后是街角的电影院。酒店房间铺了蓝灰相间的地板纸，上面是过时的花朵图案，洗手间铺了釉砖，床前小地毯

1　乔治·西默农（Georges Simenon, 1903—1989），法语侦探小说家。

是栗色的，一切都好。透过窗户，他看到了对面的房子，一张古老的"十万衬衫"[1]海报拍打着房子，一扇可能会自行打开的关着的窗户，让他感觉到一种模糊的、浪漫的希望。最后，他的餐桌上铺着块滑落到一边的白色桌布，他应该拿掉这块桌布以便写作。酒店女老板好客但矜持，保洁员年迈而多话。

说到底，这一年普瓦捷多雨。贝尔纳住了下来，不带一丝自嘲或讽刺。他谨慎地对待自己，就像对一个陌生人。他给自己买了很多报纸，第二天甚至多送了自己几杯白葡萄酒掺黑茶藨子酒。这让他醉得危险，因为他很快就想起了乔西的名字。"服务员，给巴黎打电话要多久接通？"但他可能最终也不会打电话。

他又开始写小说了。第一句话就是醒世箴言，"幸福是最为恶语所中伤的东西"之类。这句话在贝尔纳看来恰如其分。准确而无用。但是这句话端坐在这页的开头。第一章。"幸福是最为恶语所中伤的东西。让－雅克曾

---

1 "十万衬衫"（Cent Mille Chemises），1891 年沙托鲁成立的企业，提倡车间工作而不是家庭作坊，推行服装工业化。

是个幸福的人，人们却对此恶语相向。"贝尔纳也想换个方式开头，例如"普瓦捷在游客的眼中是如同太阳一般温和平静的小镇"。但是他不能。他想要一开始就触及实质。但是什么样的实质，什么是"实质"？每天早上他都写作一小时，然后出门买报纸，让人给自己刮胡子，吃午饭。下午再工作三小时，看一会儿书（卢梭）然后散步到晚餐时间。晚餐后去电影院，或者有一次去了普瓦捷的妓院。这里的妓院不比其他地方的差，他在那里意识到禁欲能让自己对其他事物提起兴趣。

　　第二周更难。他的小说很烂。他冷静地重读，然后意识到小说很烂——甚至不是很烂，是更烂；不是无聊，是非常无聊。他写书就像剪指甲一样，既小心翼翼又心不在焉。他还去检查了自己的健康状况，查看了肝的脆弱、神经质，以及所有巴黎生活留下的轻微损害。一个下午，他在房间里照一面小镜子，然后转过身面对墙壁，张开双臂，将身体紧紧贴在冰冷坚硬的墙壁上，闭上双眼。他有时也会给阿兰·马利格拉斯写简练而绝望的信。阿兰给了他一些建议：看看周围，别太沉浸在自己的世界里，等等。愚蠢的建议，贝尔纳知道。从来没人有时间真正看看自己，大部分人只在别人身上找一双能看见自己的眼睛。贝尔纳隐约认识到自己的局限，他留在原处。他不会让自己为了一个普瓦捷女人的怀抱而逃避现实。

但他知道，这没有用，除了会让他痛苦。他要回巴黎，他把快要完成的手稿夹在腋下。他甚至要把手稿给编辑，而编辑会将这本书出版。然后，他要试着重见乔西。忘记妮可的眼神。这没有用。但他从对这一"无用"的确信中汲取了一种冷酷的平静。他也知道，他会用怎样开着玩笑的字眼讲述普瓦捷，讲述自己的消遣。他多享受讲述这次偷闲时人们惊讶的目光啊！这种眼神会让他模糊地感到自己很特别！最后，带着成年男子的稳重，他会说："我主要是去工作的。"他已经知道这么说会显得多么有型。但是这对他来说不重要。他打开窗户，听着夜晚，听着雨落在普瓦捷，眼神跟随着鲜有的几辆经过的车。黑暗中，金色的车灯照在墙上开出大朵玫瑰，然后再次漆黑一片。贝尔纳躺着，手臂枕在头下，睁着眼睛，不动，抽着这天最后一支烟。

爱德华·马利格拉斯不是乳臭未干的小子。这个年轻人生来就是为了幸福或不幸，反倒是冷漠平淡会让他窒息。因此他见到贝阿特里斯、爱上贝阿特里斯的时候非常幸福。

这种贝阿特里斯从未遇见过的爱的幸福——枯燥乏味的人都将没能立刻与人分享的爱情视为灾难——让她惊讶不已。贝阿特里斯的惊讶让爱德华赢得了十五天——这可能是爱德华仅凭英俊外表得不到的。贝阿特里斯不是冷淡，只是对身体没什么兴趣。除非她认为这是一件健康的事情，甚至有一刻想成为被肉欲掌控的女人，那是她背叛丈夫时允许自己成为的女人。在她的工作领域中，出轨的难度急剧降低，她很快就适应了残忍而必需的决裂，这让她的情人痛苦不已。同时她也因为根据法律第三条的要求向丈夫坦白了一切而惹恼了他。贝阿特里斯的丈夫通情达理，还是一个受人尊敬的批发商。在贝阿特里斯承认自己有一个情人且自己已经决定离开这个情人时，他的确觉得荒谬至极。还不如不要说——当素颜的贝阿特里斯用一成不变的语调喃喃认罪时，他想。

于是，这些日子，爱德华·马利格拉斯洋溢着幸福的面孔出现在演员出口、理发店门口、门房。他确信自己有一天会被爱，而他耐心地等待着贝阿特里斯给他一种他笃信的证明。不幸的是，贝阿特里斯习惯于这种柏拉图式的情人，没有什么比这种习惯更难改掉，特别是对一个没有头脑的女人来说。有一天晚上，爱德华将贝阿特里斯送到她家门口，要她上楼一起再喝最后一杯。应该为爱德华辩白，他完全不知道这句话背后的潜台词，他只是倾诉了太多自己的爱意，说得口渴，而且身无分文回不了家。口渴着走回家让他害怕。

"不，我的小爱德华，"贝阿特里斯温柔地说，"不。您最好回去。"

"但是我太渴了，"爱德华重复道，"我不是要喝威士忌，只是想要一杯水。"

他腼腆地补充道：

"我担心这个时间咖啡馆都关门了。"

他们看着彼此。路灯与爱德华相配，凸显出他精致的轮廓。天还很冷，而贝阿特里斯没打算带着某种不悦，在充满随性又优雅的壁炉旁的场景里拒绝爱德华。于是，他们上楼了。爱德华点着炉火，贝阿特里斯准备了一托盘的食物。他们坐在壁炉边的角落里，爱德华抓住贝阿特里斯的手，亲了亲。他开始理解他所处的位置。于是他微微颤抖了一下。

"我很高兴我们是朋友，爱德华。"贝阿特里斯漫不经心地开始说话。

他吻了她的掌心。

"您要知道，"她接着说，"戏剧这个圈子，我很喜欢。因为我就是这个圈子的。但是大部分的人——我不是说他们玩世不恭——却很少有真正朝气蓬勃的。您是年轻人，爱德华，您要保持年轻。"

她说话的声音有种迷人的低沉。爱德华·马利格拉斯的确感到自己很年轻。他双颊泛红，把嘴贴在贝阿特里斯的手腕上。

"松开，"她突然说，"不应该这样。我相信您，您知道。"

如果再长几岁，爱德华就会坚持不放。但他并没有长这几岁，而这救了他。他站起身，几乎是在道歉，然后走向大门。贝阿特里斯失去了她的布景、她优雅的角色，她会感到无聊，不再有睡意。一句对白就能拯救她。她自己说了出来：

"爱德华。"

他回过头来。

"回来。"

她朝他伸出双手，像一个自我放弃的女人。爱德华久久地紧握这双手，然后幸福地任由自己年轻的激情支配，双臂抱住贝阿特里斯，寻找她的嘴唇，找到后，发出幸福的哼鸣，因为他爱贝阿特里斯。夜深了，他还低声咕哝着爱的话语，头枕在贝阿特里斯的胸口。贝阿特里斯睡着了，不知道这些话语让她做了些什么梦，又生出了怎样的期待。

第
五
章

　　在贝阿特里斯身边醒来时，爱德华体会到一种幸福的悸动。这幸福的悸动，是你一旦体会到就能明白的，正是这些感觉让你的人生变得有意义。之后，当青春被昏花取代，这种幸福的悸动也定会是我们念念不忘的东西。他醒了，透过睫毛缝隙，看着身旁贝阿特里斯的肩膀，而回忆难以抑制，充盈到溢入梦中，一睁开眼，便又跃上嘴边、回到眼前。他是幸福的。他朝着贝阿特里斯裸露的后背伸出手。然而，贝阿特里斯知道要想气色好，睡眠至关重要，在她看来，只有饿、渴和困才是再自然不过的东西。她挪到了床的另一边，爱德华又独自一人了。

　　他孤身一人。温柔的回忆还充满他的胸口呢。但是，面对这困意、这回避，他渐渐猜到了她对所有爱意的整体性逃避。他怕了。他希望贝阿特里斯回到他身旁，想把头靠在她的肩上，感谢她。但眼前是她那固执的后背和压倒一切的睡意。于是，他以一种已然屈从的姿态，隔着毯子抚摩她那其实并不丰满的修长身体。

　　这是一个具有象征意味的早晨，虽然爱德华不这么认为。从那一刻起，他只知道，他对贝阿特里斯的爱意凝结成了那盯着后背的一道目光。象征符号，是人们自己构建的；而当事情不顺利的时候，象征符号就会显得不合时宜。同一时间醒来的乔西则不同。她看着情人的后背，在黎明的微光下显得结实而平滑。她笑着，然后又睡着了。乔西比爱德华年纪大得多。

　　从那以后，贝阿特里斯和爱德华过上了平静的日子。他会去剧院接她，在她愿意的时候和她一起吃午餐。贝阿特里斯崇尚和女人们共进午餐，一方面因为她读到过这在美国流行，另一方面她觉得自己可以从前辈那里学到很多。因此，她常和年长的女演员们一起吃午饭。这些女演员嫉妒她的前途，如果她不是个榆木脑袋，她们的批评早就让她自卑不已了。

名气不是一种会突然迸发的东西，而是慢慢渗透的。终有那么一天，名气会通过某件对当事人而言引人注目的事情表现出来，对贝阿特里斯而言，这件事就是安德烈·乔里亚乌的一个提议。他是剧院的导演、美食家，当然还有其他头衔。他提出，希望贝阿特里斯在十月开演的、自己的下一部作品中出演一个挺重要的角色，并提出让贝阿特里斯来自己位于南部的别墅，以便指导。

贝阿特里斯想给贝尔纳打个电话。她觉得他是个"聪明的男孩"，虽然贝尔纳已经多次否认了这个人设。听说贝尔纳在普瓦捷的时候，她惊讶不已：他去普瓦捷干吗？

她给妮可打电话。妮可语气生硬。贝阿特里斯问道："贝尔纳好像在普瓦捷？发生了什么？"

"我不知道，"妮可说，"工作吧。"

"但他去了多久呢？"

"两个月。"妮可说，然后号啕大哭起来。

贝阿特里斯震惊了。她还心存一丝善念。她的想象力为她绘出了一个疯狂爱上普瓦捷女人的贝尔纳，否则他怎么能忍受外省的生活？她和可怜的妮可约定见面，可收到了安德烈·乔里亚乌的邀请，她不敢取消约会，只好打电话给乔西。

乔西正在家里看书，在那个令她痛苦的公寓里，电话铃声既让她疲惫不堪又让她松了一口气。贝阿特里斯添油加醋地向她解释了整个情况。而乔西一头雾水，因为她前一天晚上收到了贝尔纳寄来的一封文辞优美的信。信中他平静地细数着自己对她的爱意，而她在这信中完全没有看到某位普瓦捷女士的身影。她答应去妮可家，然后就去了，因为通常情况下她答应的事都会做到。

妮可长胖了。乔西一进门就注意到这点。不幸让许许多多的女人发胖，食物安抚她们的生存本能。乔西解释说，她是替贝阿特里斯来的。而妮可正为自己在贝阿特里斯跟前动辄掉泪感到后悔，此刻大大地松了一口气。她也有些害怕贝阿特里斯。乔西很瘦，有着灵动的面庞、少女的气息、狡黠的姿态。在不能理解这份潇洒自在的妮可看来，她在面对人生的时候甚至比自己还更笨拙。

"我们去乡下吧？"乔西建议道。

她开一辆大型美国车，开得又好又快。妮可蜷缩在另一边。乔西既觉得无聊，又有一种完成任务的模糊感觉。她还记得贝尔纳的信：

"乔西，我爱您，这对我来说是可怕的。我试着在这里工作，但我做不到。我的生活是一次没有配乐的漫长眩晕：我知道您不爱我，您怎么可能会爱我？这不道德，我们是'同类'。我给您写这些，因为这不再重要了。我想说的是，是否给您写信，这不再重要。写信是孤独中唯一的乐趣，我们接受自己，我们否认某种形式的虚无。当然，还有那另一个男孩，我不喜欢他。"云云。

她几乎记得每一个句子。她是吃早餐的时候读的信，那时候雅克在读《费加罗报》，那是乔西的父亲订阅的报纸。她把信放在床头柜上，产生了一种可怕的凌乱的感觉。像每天早上一样，雅克已经吹着口哨起了床。他宣称报纸上根本没有有意义的内容，而她不明白他为什么这么用心仔细地看报纸。可能他杀了个有钱人吧，她边想边笑了起来。然后他洗了个澡，穿着羊角扣大衣从浴室里走出来，抱了抱她，就出发去上课了。她惊讶地觉得他还没有令她那么难以忍受。

"我知道一个旅社，那里有壁炉。"为了打破妮可的沉默，乔西说道。

她能和她说什么呢？"您的丈夫爱我，我不爱他，我不会把他从您身边抢走，一切都会过去。"但这让她感觉是在背叛贝尔纳的聪明才智。而且对于妮可来说，任何解释都是在宣判死刑。

她们边聊贝阿特里斯边吃午饭，然后聊马利格拉斯夫妇。妮可相信他们彼此相爱，相信他们之间的忠诚。对于后者，乔西并没有指出她的错误。她感觉很好，但也很累。然而妮可比她大三岁呢，她什么也帮不了妮可。什么也不能。的确，女人身上有一种愚蠢是专为了男人的。乔西渐渐开始心烦意乱，到了蔑视妮可的程度，蔑视她面对菜单的犹豫和惊慌的眼神。在咖啡馆，她们长时间不说话，直到妮可生硬地打破沉默：

"贝尔纳和我，我们要有孩子了。"

"我以为……"乔西说。

她知道妮可已经流产了两次，人们特意强调，让她不要再要孩子了。

"我想要个孩子。"妮可说。

她低着头，看起来很固执。乔西目瞪口呆地端详着她。

"贝尔纳知道吗？"

"不知道。"

我的天哪，乔西想，这应该就是那种标准的圣经式女人吧。她们觉得只要一个孩子就能挽回男人的心，但其实孩子将男人置入了可怖的境地。我永远都不会是这种女人。不管怎样，这个女人也太不幸了。

"您应该给他写信。"乔西斩钉截铁地说。

"我不敢，"妮可说，"我想先再确定一些……确定没有什么意外。"

"我觉得您应该告诉他。"

如果发生了之前发生过的事情，而贝尔纳还不在这里……乔西因为害怕而脸色苍白。她觉得贝尔纳不会是一位好父亲。然而雅克……对，雅克会在床头，看起来局促不安，但看到孩子后又会露出微笑。她肯定是有些发疯了。

"我们回去吧。"她说。

她慢慢地开回了巴黎。当她开上香榭丽舍大道的时候，妮可抓住了她的手。

"先别把我载回去。"她说。

她的声音里充满恳求。乔西骤然明白了她过着怎样的人生：这孤独的等待，这死亡的恐惧，这个秘密。她感到无比怜悯。她们走进了一家电影院。十分钟后，妮可蹒跚起身，乔西跟在她后面。洗手间昏暗阴森。她扶着呕吐的妮可，抚着她微湿的前额，感到一阵恐惧与同情。回家后，她见到雅克，和他讲述了这一天发生的事情。雅克表示了对她的同情，甚至称她为"我可怜的老婆婆"。然后，他提出出门玩玩。这一次，他放下了自己医学院的功课。

第
六
章

　　整整两天，乔西都在试着给贝尔纳打电话让他回来。贝尔纳还安排让邮局先保管寄给他的信件。她试图将妮可送去普瓦捷，但也没成，因为妮可固执地拒绝了她。妮可不间断的痛苦让乔西很慌乱。于是她决定开车去找贝尔纳，并要求雅克陪她去。雅克因为课业拒绝了她。

　　"但是我们就去一天，当天往返。"乔西坚持道。

　　"正因如此。你去得又不久。"

　　她想打他。他那么笃定、那么简单，她想要不惜一切换取看到他失态、慌乱、辩白的一秒钟。他扒住她的肩膀，不容分说地说：

"你车开得很好，也挺喜欢一个人待着的。而且，最好是你一个人去见那个家伙。他和他老婆的那些事情与我无关。他和你的那些事情才与我有关。"

他在说最后一句话的时候眨了眨眼。

"哦！你知道的，"她说，"已经很久了……"

"我什么都不知道，"他说，"如果让我知道什么，我就走了。"

她惊愕地看着他，一种模糊的、类似于希望的感觉油然而生。

"你嫉妒吗？"

"不是嫉妒。我不分享。"

他猛地把她拉向自己，亲她的脸颊。他动作笨拙，于是乔西用双手环住他的脖子，紧紧抱住他。她亲吻他的脖颈、穿着粗毛线衫的肩膀，一边微笑，一边用沉思的声音重复道："你走呀，你走吗？"但他一动不动，什么也不说。她感觉自己爱上了森林里撞见的一只熊，一只可能爱她但是不能告诉她的熊，它被判处动物的缄默。

"好了好了。"雅克终于低声说道。

于是，她一个人出发了。她开着自己的车，天刚蒙蒙亮，慢慢地行驶在冬日光秃秃的田间路上。天很冷，太阳发出惨淡的光，照耀在光秃秃的田野上。她放下了车的顶篷，竖起了雅克借给她的粗线毛衫的领子，寒冷让她的脸变得僵硬。路上什么都没有。十一点，她停在一条小路边，把冰冷的双手从手套里拿出来，点了一支烟——出发以来的第一支。她定住了片刻，头靠在车座椅靠背上，闭着眼睛，慢慢地吸着烟。虽然冷，但是她感觉到眼皮上阳光的存在。满是寂静。她重新睁开眼睛，看到一只乌鸦猛扑向最近处的田野上。

她从车里出来，走上小路，走进田间。她的脚步和在巴黎时一样，漫不经心又忧心忡忡。她经过一片农场、几棵树，小路始终在笔直的平原上，望不到尽头。走了一段时间以后，她回头，看到自己黑色的车，忠诚地停在路上。返程的路她走得更慢。她挺好的。"肯定有一个答案，"她大声说，"即使没有……"乌鸦呱呱叫着飞走

了。"我喜欢这些暂停。"她再次大声说,然后将香烟头
扔在地上,用脚踩扁,仔细地踩扁。

　　快六点的时候她到了普瓦捷,花了很长时间才找
到了贝尔纳的酒店。法国埃居浮夸而昏暗的大堂让她
觉得阴森森的。人们把她带去贝尔纳的房间,经过一
条长长的走廊,走廊里铺着的米色织物地毯不停地钩
住她的鞋子。贝尔纳背对着门正在写作,所以他只是
漫不经心地说了声"进来"。因为对方的沉默而惊讶,
贝尔纳转过身来。那时,她在想的只有他的信,以及
她的出现对他来说意味着什么。她后退了一步。但是
贝尔纳说:"您来了!"然后向她伸出双手。在他表情
转变的过程中,她隐约想道:这是幸福男人的面孔。
他抱着她,把她的头靠在自己的头发上,以一种令人
心碎的慢动作抚摩着。她愣住了,只有一个想法:要
让他知道这不对,这很可恶,要和他说。但是他已
经在说话了,他说出的每一个词都成了吐露真相前的
阻碍:

"我没抱希望，我不敢。太美好了。我怎么能在没有你的这里生活这么久？太奇怪了，幸福……"

"贝尔纳，"乔西说，"贝尔纳。"

"您知道，很有意思，因为我根本没想到会这样。我以为是我太过分了，以为我用问题压垮您了，然后正是这样我重新找回了某种我非常熟知的东西。那种我缺少的东西。"他补充道。

"贝尔纳，我得和您说……"

但是她已经知道他会打断她，她沉默不语。

"什么都别和我说。这是这么长时间以来第一次有真实的事情发生在我身上。"

可能的确如此，乔西想，他拥有一个如此爱他的女人，她正身处险境之中，而他处在真实的悲剧边缘。但是对他来说唯一真实的事情，是他正在犯下的这个错误，是我任凭他犯下的错误。幸福是真，而爱情却是假的。我的头还抚在他的头发上呢。

于是她放弃说话。她可以沉默，因为她感觉到的既不是怜悯，也不是讽刺，而是一种巨大的同谋默契。可

第 六 章

能有一天，她会像他一样犯错，像他一样和错误的对象玩弄幸福。

他带她去商业咖啡馆喝了一杯掺黑茶藨子的白葡萄酒[1]，聊她，聊自己，很尽兴。很长一段时间以来她都没和什么人讲过话了。她被疲惫和满怀的柔情压倒了。普瓦捷为她关上通向外面世界的大门：黄灰色的广场，偶尔路过的穿黑衣的路人，一些客人好奇的眼神，被冬日摧毁的梧桐……所有这些都属于一个她一直都知道，而这一次需要重新置身其中的荒唐世界。这一夜，贝尔纳在她身边睡着。他长长的无足轻重的身体微微纠缠着她，放在她肩膀下的手臂充满占有欲。她久久地看着车灯打在墙纸的花朵上。周围很安静。两天后，她会让贝尔纳回去。她将自己生命中的两天赋予贝尔纳，两个幸福的日子。或许这会让她付出巨

1　现在这种酒一般被称为"基尔酒"，二十世纪初第戎一酒吧服务生在一种普通白葡萄酒里添加了黑茶藨子甜酒，试图改善口感。一款流传至今的鸡尾酒便这样诞生了，彼时这种酒还被称作 Blanc-cassis（白葡萄酒 - 黑茶藨子），两次世界大战期间开始风行于勃艮第地区。1950 年起，这一风尚波及整个法国。

大的代价，对她或他来说都是如此。但是她想贝尔纳应该也有过这些长长的夜晚，看着这些车灯，这些丑陋的过度绘制的花朵。现在轮到她了，即使她冷选择走上谎言的道路。

第七章

安德烈·乔里亚乌决定把贝阿特里斯变成自己的情人。他在她身上既看到了才华，又看到了意图成功的残忍，而这两点都让他很感兴趣。说到底，他是看上了贝阿特里斯的美，而他们出双入对这一想法满足了他持续在线的审美。五十岁的安德烈瘦到干瘪，带着令人讨厌的嘲弄人的神情，时常假装年轻人的行为举止，一时间这为他赢得了同志美名。我们都知道，审美意识有时也会令一个人发生偏戾。安德烈·乔里亚乌在艺术圈实践着半自主和半蛮横的作风，被人称作"别具一格"的人。如果不是他经常自我解嘲以及在物质上慷慨大方，他简直令人完全不能忍受。

第七章

通过野心征服贝阿特里斯，这对他而言很简单。他太了解这种心照不宣的交易，且享受其中。他决定进入贝阿特里斯的内心，在其中扮演一个角色。在他预想中，这个角色应该是《帕尔马修道院》中的莫斯卡[1]，不过是成功的莫斯卡。当然，他没有莫斯卡的伟大，但贝阿特里斯也不是吉娜，只是，或许这小小的爱德华·马利格拉斯有些法布里斯的魅力[2]。但是有什么重要的呢？他喜欢平庸的人。在他无聊而轻快的生活里，他已经很少能体会到臣服的绝望了。

于是，贝阿特里斯发现自己处在权力和爱情之间。一边是乔里亚乌，爱嘲讽、容易拖累别人；另一边是爱德华，温柔、帅气、浪漫。她欣喜若狂。她所面临的残

1　《帕尔马修道院》（*La Chartreuse de Parme*）是法国作家司汤达创作的长篇小说，首次出版于1839年。莫斯卡伯爵，是一个善于操纵的政治家、小说中最清醒的人物。他最终娶了公爵夫人吉娜。

2　小说中法布里斯年幼时就赢得了姑妈吉娜的宠爱，长大之后更是因为长相英俊成为很多女人关注的焦点。从滑铁卢战场回到帕尔马之后，他当上了修道院副主教，上演了一系列闹剧式的风流韵事。直至遇到要塞司令的女儿，他才彻底变成了另外一个人，开启了一段可歌可泣的爱情故事。

忍选择让她的人生变得美妙无比，更何况出于职业考量她已经全然决定倾心于乔里亚乌。这使得她慷慨地给予爱德华关注与爱意。如果他是她生命中唯一的男人，他肯定无法得到这些。人生就是要把一只手拿来的东西用另一只手还回去。

乔里亚乌无条件地将自己下一部剧的女主角交给了贝阿特里斯。他甚至赞颂了爱德华的帅气，完全没有以任何方式明确自己的意图。但是他清楚地让别人知道，如果有一天贝阿特里斯离开爱德华，自己很乐意与她约会。这看上去只是简单献个殷勤，但其实不只如此，因为他很清楚，贝阿特里斯这样的女人只会为了一个男人而离开另一个男人。贝阿特里斯一开始为自己得到的角色开心，但很快就因为乔里亚乌不清不楚的奉承担忧恼火。爱德华的爱在乔里亚乌世故老练的冷漠前变得苍白无力。她喜欢征服的感觉。

一天晚上，乔里亚乌带她去布吉瓦尔[1]吃晚餐。这天

1　布吉瓦尔（Bougival），巴黎西部一个美丽的村庄，位于塞纳河附近。

第 七 章

晚上比其他时候热一些，他们在河岸散步。她和爱德华说自己去妈妈家吃饭，还说她妈妈是严格的清教徒，不喜欢女儿的越轨行为。这个谎言并没有太费力就脱口而出了，但需要这样做让她特别恼火。我不需要向任何人汇报。她一边恼怒地想，一边对爱德华说谎。可爱德华也没想着她要对自己汇报，他只是希望她能让他开心，而不能和她共进晚餐令他感觉很失望。但是她觉得他在猜疑、在嫉妒。她不能理解，他爱着她，带着年轻爱人的那种无比的信任爱着她。

乔里亚乌挽着她的手臂，边走边漫不经心地听她评论小艇的迷人之处。的确，和爱德华在一起时，贝阿特里斯心甘情愿地扮演有些麻木的无法抵御诱惑的女人；但其实，她还挺喜欢和乔里亚乌在一起时那种作为兴奋不已的小女孩的感觉的。

"太美啦！"于是她说，"没人想到要聊聊塞纳河和河上的小船，真的，可能只有魏尔伦写过……"

"很有可能……"

乔里亚乌很高兴。他看到贝阿特里斯走进她长长的诗意感情抒发之中。或许，说到底，我追她只是因为她让我笑，他想，而这个念头让他高兴。

"我年轻时候呀……（贝阿特里斯等待一次笑声，然后他笑了）在我很小的时候，"她接着说，"我会这样沿着水边走。那时候我和自己说，生活充满了有趣的事情，而我自己充满热忱。您相信吗，我现在还是这样。"

"我相信。"乔里亚乌说，越发开心。

"不过……在我们这个时代，谁还对小艇感兴趣，谁还充满热忱呢？不管是对我们的文学、我们的电影，还是对我们的戏剧……"

乔里亚乌点点头，没有回答。

"我记得十岁的时候，"贝阿特里斯回想着说，"……但是我的童年对您来说有什么重要呢！"她突然停了下来。

突然的进攻让乔里亚乌措手不及。他慌张了一秒。

"还是和我聊聊您的童年吧，"贝阿特里斯说，"我这么不了解您。对您身边的人来说，您是一个谜……"

乔里亚乌绝望地寻找着童年的回忆，但是他的回忆背叛了他。

"我没有童年。"他坚信不疑地说。

"您说了些可怕的话。"贝阿特里斯说，抓了抓他的手臂。

关于乔里亚乌童年的话题就到这儿了。但是，关于贝阿特里斯童年的聊天却因为许许多多的逸闻趣事丰富起来，展现出天真、孤僻——贝阿特里斯孩童的魅力。她明显变得柔软了。最后她的手和乔里亚乌的手在乔里亚乌的口袋里握在一起。

"您的手真冷。"他慢条斯理地说。

她没有回答，稍稍靠向他的身体。乔里亚乌看到她准备好了，思考着自己是不是想要她，而这一思考让他兴致缺缺。他把她带回巴黎。在车里，她把头枕在他的肩膀上，身体贴着他的身体。事情成了，乔里亚乌想，带着一丝疲惫。他把她带回她家，因为他希望在她家里度过他们的第一夜，就像很多有点疲倦的人一样，他在陌生的环境更能找到自己的艳遇。只是，到了她家门口，贝阿特里斯持续的沉默与静止让他察觉她睡着了。他温柔地叫醒了她，吻了吻她的手，将她放进电梯里，然后她醒了过来。在灭掉的壁炉前，她看到睡着的爱德华，衬衫领子解开，露出女孩子一样长长的棕色脖颈，有一秒她的眼中满是泪水。她很气恼，因为她总是不知道乔里亚乌是否爱她，因为她觉得爱德华帅——这对她来说无论是在餐厅里还是在其他地方都无关紧要。她叫醒了他。他对她说他爱着她，用温柔的句子，从睡意中醒来，但这些没能安慰她。当他想要去抱她的时候，她借口说自己偏头痛。

与此同时，乔里亚乌迈着轻快的步伐回到家里，跟着一个女人，然后走进一个酒吧里，在那里第一次见到了他听说了近二十年的烂醉如泥的阿兰·马利格拉斯。

在和贝阿特里斯共度第一晚后，阿兰·马利格拉斯决定自己再也不会见她了，因为他不能忍受爱一个和自己如此不同的人、一个如此难以接近的人，而只有工作可以拯救他。更何况贝尔纳不在，他的工作更多了。于是，他试着暗暗地坚持泛妮的建议，去忘记贝阿特里斯。

他自然做不到。他太清楚地知道，感情一旦存在，就是
生活之盐；而在盐的支配下，没有人能舍弃味道——感
情就是我们多余的时间里要做的事情。不过，他避免重
新见到她。他满足于尽可能地将爱德华拉到自己身边，
从他幸福的迹象中找到一种可怕的乐趣。他甚至会自行
编造这些迹象。爱德华脖子上剃刀的割口都可能是贝阿
特里斯温柔的咬痕——因为他满脑子都是纵情享乐的贝
阿特里斯，即便看着他这副样子的贝尔纳都忍不住笑起
来——侄子的黑眼圈和疲惫神态在阿兰看来就是自己受
苦的理由。他在办公室待上很久，翻阅新手稿，写按语，
做卡片。他把尺子放在文件夹上，用绿色的墨水画出标
题，然后突然停下来，绿线画歪了，卡片要重做了，心
咚咚跳。因为他想起贝阿特里斯在那次出名的晚餐中讲
的一句话。然后他把卡片放进篮子里，重新写一张。在
街上，他撞到路人，不再和朋友打招呼，渐渐成为漫不
经心的迷人知识分子，变成了从前每个人都期待他变成
的样子。

　　他读报纸上的戏剧版面，首先因为他希望在里面读

到有关贝阿特里斯的内容——现在记者们渐渐开始谈到她了；另外也因为在随意地翻看剧院广告时他的视线最后总是会落到安比古剧院的大广告——在标题小字母下面——的贝阿特里斯的名字上。然后他立刻就把眼睛挪开，好像被人逮住了一样，接着把眼神落在专栏记者惯常的流言蜚语之上，但没有真的在读。他在遇到乔里亚乌的前一天晚上，看到"周二停演"，然后感觉自己心跳骤停。他知道他每天晚上都能见到贝阿特里斯，十分钟，在舞台上。他一直都忍住不去看。但这一停演的威胁将他击垮。那天他可能不会在，但他甚至没有想到这一点。贝阿特里斯……美丽又热烈的贝阿特里斯……他遮住了眼睛。他不能再忍受。他回到家里，找到爱德华，知道了贝阿特里斯在她妈妈家吃晚饭。但是这个消息没能安慰阿兰的心。伤痛已经造成了，他明白了自己着迷到什么程度。他假托吃晚饭，可悲地在花神咖啡馆一带拖拖拉拉，遇到了两个朋友。他们完全没有将他从困境中解救出来，而是推着面色苍白的他去喝一杯威士忌，然后又喝了一杯。对马利格拉斯疲惫的肝而言，他不应该喝

得更多。但他接着喝。到了午夜,他出现在马德莱娜不
入流的酒吧里,出现在乔里亚乌的身边。

　　阿兰的状态一目了然。更何况他不适合喝酒。在他
过度消瘦的苍白面孔上,肿胀的眼皮颤抖得异乎寻常。
乔里亚乌和他热情地握手后惊讶不已。他没想过,马利
格拉斯能在一个满是女孩的酒吧里独自喝醉。他挺喜欢
阿兰的,在好奇、虐待心理和友情的交织中,他对阿兰
起了兴趣。

　　他们很自然地聊起了贝阿特里斯。

　　"我猜贝阿特里斯会出演您的下一部剧。"阿兰说。

　　他挺开心的。筋疲力尽但开心。酒吧在他四周打转。
他到了"爱"这个阶段,以及"酒"这个阶段——在这
个阶段里,我们好像被自己充满,完全不需要"别人"。

　　"我刚刚和她吃了晚饭。"乔里亚乌说。

　　所以她撒谎了。马利格拉斯想,想着爱德华和自己
说的话。

　　他既开心又失望,因为这个谎言让他明白了她并不

是真的钟情于爱德华。贝阿特里斯会说谎，这意味着她更加难以接近，他清楚知道这一点。然而，他的第一感觉竟然是松了口气。

"她是个好女孩，"他说，"很有魅力。"

"她很美。"乔里亚乌微笑着说。

"美丽又热烈。"阿兰又说出了这样的表达。他说话的语气让乔里亚乌朝他转过身来。

一阵沉默，他们借此机会打量彼此，想着他们对彼此一无所知，虽然他们亲切地拍着彼此的后背以"你"相称。

"我挺喜欢她的。"阿兰可怜地用一种他希望尽可能轻松的语气说道。

"那是自然。"乔里亚乌说。

他想笑，想安慰阿兰。他的第一个想法本来是：但是应该可以解决的。但很快他就明白了这不是真的。贝阿特里斯更容易委身于一个瞎眼的老头。爱情上一样，我们只借款给有钱人，但阿兰感觉自己很穷。乔里亚乌新点了两杯苏格兰威士忌。他感觉夜更长了，并为此感到开心。他爱这些胜过一切：一张变了形的脸，手握一个如此光滑的酒杯，说秘密的低声细语，一直拖到黎明的长夜，还有疲惫。

"在我这个年纪，我能做什么？"阿兰说。

乔里亚乌做出惊奇的表情："什么都能做呀。"他用一个坚定的声音回答。其实，不只是"他"这个年纪，而是"他们"这个年纪。

"她不是一个适合我的人。"阿兰说。

"从来没有任何人适合任何人。"乔里亚乌随口一说。

"有的。法妮就很适合我。但是，你知道，这很可怕。这种纠缠不清。我感觉痛苦又可笑。只是，这是唯一有生气的东西。所有其他的……"

"其他的都是虚构。"乔里亚乌微笑着说，"我知道。对你来说烦恼的是贝阿特里斯不聪明。她野心勃勃。要知道，在这个人人都微不足道的时代，有野心已经不错了。"

"我应该可以，"阿兰接着说，"给她带来一些她可能不知道的事情。你知道，信心、尊重、细腻敏锐，说到底……噢！而且……"

看着乔里亚乌的眼神，他停了下来，做了一个含糊的手势，洒了一点威士忌在地上。他立刻和酒吧老板道歉。乔里亚乌感觉内心充满了怜悯。

"试试吧，老哥，和她说明白。至少，如果她和你说'不'，就不用再想了。你就知道了。"

"现在和她说？在她爱我侄子的时候？这是在浪费我唯一的机会——如果我有个机会的话。"

"你弄错了。有些人我们可以说需要时间去吸引他们，但贝阿特里斯不是这样的人。她自己选择，和时机无关。"

马利格拉斯把手指伸进头发里。因为他头发不多，这个动作更显得他可怜。乔里亚乌暗自思忖着用某种隐晦的方法来把贝阿特里斯送到这个亲爱的马利格拉斯老哥身边——当然，在他自己拥有过她以后。但他找不到这样一个办法，于是又点了两杯。此时，马利格拉斯聊着爱情，一个女孩听他说，点着头赞同。乔里亚乌和这个女孩很熟，于是向她推荐了阿兰，然后离开了。在香榭丽舍大道上，东方泛起鱼肚白，空气微湿，巴黎一个清晨的第一缕香气，一种乡间的香气，让他一时驻足不前。他深深地吸了一口气，然后点燃一根烟。他小声嘟囔着"美妙的夜晚"，笑了，然后迈着年轻人的步子朝家走去。

"我明天给你打电话。"贝尔纳说。

他的头从车窗探进来。他感到隐隐约约为他们的分离松了一口气，就好像他进入了最为极端的感情之中。分开后，人们才终于有时间体会幸福。乔西对他笑了笑。她重新走入了巴黎的夜中，走入了汽车经过的声音中，走入自己的生活中。

"快回去吧。"她说。

她看着他翻过自己房子的大门，发动了汽车。前一天晚上，她和他说过妮可正在经历的危险，她说他应该回去。她以为贝尔纳会一下子跳起来，或者十分害怕。没想到贝尔纳唯一的反应是：

"你是因为这个才来的吗？"

她说"不"。她也不知道这个回答里怯懦占几分。或许她和贝尔纳一样，希望守护在普瓦捷的这三天，守护他们之间奇怪的柔情：在冰冻的田间慢慢地散步，久久地聊天，有一句没一句的，夜晚温柔的动作。这些是他们错误的共同证明，让一切变得荒谬又莫名其妙地诚实。

八点左右，她回到了自己的公寓。她犹豫了一会儿，然后去向女仆询问雅克的情况。她知道了在自己离开的两天后他也离开了，还把一双鞋忘在这里。乔西给雅克之前的地址打电话，但是他搬家了。没人知道他搬去了哪里。她挂上电话。灯光落在过于宽敞的客厅的地毯上，她因为太疲惫而好像丢了魂一样。她看着镜子中的自己。她二十五岁，有三条皱纹，想要再次见到雅克。她好像有点希望他在这里，穿着他那件羊角扣大衣，那样她就可以和他解释她这次离开是多么没有意义。她给法妮打电话，法妮邀请她去吃晚饭。

法妮瘦了。阿兰似乎心不在焉。乔西经历了一次几乎不能忍受的晚餐，法妮绝望地试图给她一种上流社会的样子。最后，到喝咖啡的时候，马利格拉斯站起身来，去睡觉了。在乔西疑惑的眼神下，法妮坚持了一会儿，然后也站起来，去壁炉整理些什么。她看起来那么矮小。

"昨天晚上阿兰喝多了，请原谅他。"

"阿兰喝多了？"

乔西笑了。这一点不像阿兰·马利格拉斯的做派。

"您别笑。"法妮突然说。

"对不起。"乔西说。

法妮终于和她解释说，人们以为的阿兰的"痴恋"正在毁掉他们的生活。乔西试图让她知道这段插曲应该很快就会结束，但徒劳无功。

"他不会爱贝阿特里斯很久的。贝阿特里斯不是有可能和他在一起的人。她很迷人，但是她对待感情的方式很奇特。人们是不会独自爱一个人很久的。她没有……"

她不敢问：她没有属从吧？一个像阿兰这样彬彬有礼的人怎么会叫人"屈从'呢？

"没有，当然没有，"法妮气呼呼地说，"请原谅我和您聊这个，乔西。我感觉有点孤单。"

第 八 章

午夜，乔西离开了她。她一直害怕马利格拉斯被她们的说话声吸引，再回来。不幸让她恐惧，爱意让她无力。她从马利格拉斯家出来的时候感觉自己充满了一种可怕的凌乱感。

她需要找到雅克，哪怕是被打或被推开。无论什么都比这些乱七八糟的事要好。她朝着拉丁区走去。

夜深了，下了点雨。在巴黎，这种荒谬的找寻很可怕，但是她必须找到雅克，与此相比疲惫也算不上什么了。他在某处，在圣米歇尔大道上的一间咖啡厅里，或是一个朋友家，可能在一个女孩家。她已经不认识这个街区了。她记得以前还在上大学的时候在一个地下酒吧里跳过舞，那酒吧如今变成了一个游客聚集的地方。她意识到她对雅克的生活一无所知。她想象过他那有点粗糙的大学生生活，起码看上去是这样的。现在，她绝望地在记忆中寻找着某个他无意间提到的名字，或是一个地址。她走进那些咖啡馆，瞥了一眼，然后大学生们的口哨声或是喊出的词句就让她受够了。她已经记不起上一次自己经历过如此恼怒、如此悲惨的时刻是什么时候了。而一想到这些寻找可能一点用都没有，特别是一想到雅克冷漠的面孔，她的绝望就再次加深。

在第十间咖啡馆里，她看到了他。他背对着门口，玩着电子弹球。她看到他的身影，看到他弯向机器的后背，粗糙的金色头发覆盖竖直的脖颈，她立刻就认出他来。那么一瞬间，她觉得他的头发太长了，就像贝尔纳一样，这应该是被抛弃的男人的标志。然后，她下不了决心，自己是上前去还是原地不动，在这漫长的一分钟里，她的心也不跳了。

"有什么可以帮您的？"

咖啡馆老板决定了她的命运。乔西向前走去。她穿的外套太雅致了，和这个地方格格不入。她机械地竖起外套的领子，然后在雅克身后停下脚步。她叫他。他没有立刻转身，但是她看到他的脖子明显红了，然后脸颊也红了。

"你是要和我说话吗？"他终于开了口。

然后他们一起坐下，他没有看她一眼。他还会问她想喝什么，用一种嘶哑的声音问，然后似乎坚定地低下眼睛，看着自己的双手。

"你要试着理解。"乔西说。然后她开始用疲惫的声音讲述，因为现如今，所有这些在她看来如梦似幻且没有意义：普瓦捷、贝尔纳以及她在那儿感受到的一切。她在雅克对面，他是活生生的雅克。在她面前又一次出现了这决绝的沉默，那将决定她的命运。在这沉默面前，所有的话语似乎都没有作用。她等待着，她的话语只是一种掩盖这一等待的方式。

"我不喜欢被人不当回事。"雅克终于说。

"不是这样的……"乔西开始说。

他抬起眼睛。他的双眼灰蒙蒙的，带着怒气。

"就是这样的。当你和一个人一起生活，你就不应该和另一个人出去共度三天。就是这样。或者至少应该提前讲一声。"

"我试过和你解释……"

"我不管你怎么解释。我不是小男孩了，我是一个男人。我走了，我甚至从你家里搬走了。"他以更生气的语气补充道，"我可没为几个女孩子搬过家。你怎么找到我的？"

"我找了你一小时，所有咖啡馆都去过了。"乔西说。

她筋疲力尽，闭上眼睛。她似乎感觉到了脸颊上黑眼圈的重量。一阵沉默，然后他用一种压低的声音问道：

"为什么？"

她看着他，不明白他为什么这么问。

"你为什么要花一小时找我？"

她重新闭上眼睛，头向后靠。胸口血管怦怦地跳。她听见自己说：

"我需要你。"

而这种感情是真实的。的确，她的眼里已充满泪水。

这晚，他和她回了家。当他把她抱在怀里的时候，她又一次明白了什么是身体，什么是抚摩与快乐。她亲了亲他的手，睡着了，嘴唇还贴在他的手心。他很长时间都醒着，然后小心翼翼地把毯子盖在乔西肩膀上，转身朝向另一边。

第
九
章

贝尔纳在门口看到两个护士错身而过。他体会到一种双重情感,既感觉大祸临头,又感到自己将要经历的无力。他僵住了。护士们告诉他妮可前一天晚上流产了,虽然她已脱离危险,但是马兰医生决定留下一位看护照看她,以防万一。她们打量着他、审视着他,或许是在等待一个解释。但是他一言不发地推开她们,钻进了妮可的房间。

她把头转向他。低矮的陶瓷台灯令房间半明半暗,台灯是她妈妈送给她的,贝尔纳从来没能鼓起勇气告诉她,台灯很丑。她面色苍白,看到他的时候,头一动不动。她看起来像一个顺从的小动物,既迟钝又严肃。

"妮可。"贝尔纳说。

他坐到床边，握住她的手。她安静地看着他，然后，突然间，她的眼里充满了泪水。他小心翼翼地把她揽入怀中，而她把头靠在他的肩膀上。怎么办，贝尔纳想，该说什么？噢！我真卑鄙！他用手抚摩着她的头，手指被她长长的头发钩住。他机械地梳理着她的长发。她还在发烧。我应该要说话，贝尔纳想，我得说点什么。

"贝尔纳，"她说，"我们的孩子……"

然后她便开始靠在他身上啜泣。他感觉到怀中她双肩的抽动。他说"好了好了"，以安慰的语气。然后突然间，他明白了，这是他的老婆、他的人，她只属于他，她只想着他，她差一点死掉。这可能是他拥有的唯一的东西，他却差一点失去她。他被一种占有欲和对他们自己的怜悯吞没，如此撕心裂肺，以至于他撇过头去。我们不是平白无故地啼哭着出生，因为接下来的人生只是为了减轻这声啼哭。这一奇怪的想法浮现在他脑中，让他一样无力地靠在他不再爱的妮可的肩膀上，他重返人生的第一声哭泣，初生的呜咽。剩下的只有逃跑、爆发、闹剧。那一刻，他忘掉了乔西，沉浸在自己的绝望中。

后来，他尽力安慰着妮可。他温柔地和她说着他们的未来，聊他的书，说他挺满意的，聊他们之后会有的孩子们。她想叫孩子克里斯朵夫，她一边说着，一边还在啜泣。他表示赞同，推荐了"安娜"这个名字。她笑了，因为大家都知道，男人更想要女儿。而在此期间他一直在试图找机会给乔西打个电话。他很快找到了借口：他没烟了。烟草店的作用比我们想象中大得多。售货员开心地迎接了他："您终于回来了。"然后他在柜台上喝了一杯干邑，又要了一枚电话币。他要对乔西说："我需要您。"这是真的，但这什么都不能改变。当他和她说他们的爱情时，她呢，她却在和他说爱情的短暂。"一年后，或者两个月后，你就不会再爱我了。"在他认识的人里，只有她，只有乔西有着完整的时间观念。其他人都被深深的直觉驱动，试图相信某一时刻的延续，相信他们的孤单会永远停止，而他和他们一样。

他拨出电话，但没有人接。他记得之前的一个晚上，他打了电话，然后电话落到了那个可怕的家伙手中，他因为幸福微笑起来。乔西应该蜷缩着睡着了，手大大地敞开，扭过去。在她所有的睡姿中，只有这一个说明她需要某个人。

爱德华·马利格拉斯在准备椴树茶。一周以来，为了身体健康，贝阿特里斯都在喝椴树茶。他端了一杯给她，端了一杯给乔里亚乌。乔里亚乌笑了，大声说"谁要喝这个"。于是，两个男人各自倒了一杯苏格兰威士忌。贝阿特里斯说他们是酒鬼，爱德华倒在扶手椅里，感觉非常幸福。他们从剧场回来。他是去接贝阿特里斯的，然后贝阿特里斯邀请乔里亚乌来家里喝一杯。他们三个人在暖和的家里，外面下着雨，乔里亚乌风趣幽默。

贝阿特里斯却气坏了。她觉得爱德华给大家端椴树茶这种扮演屋主的样子让人不能接受。这会连累她的名声。她忘记了乔里亚乌对他们的关系有多了解。没有比厌倦了自己情人的女人更在意传统礼仪的了。她一样忘记了她曾经多么习惯于爱德华这样的举止行为，很容易就把他当成了年轻侍从。

于是，她开始和乔里亚乌聊起了戏剧，固执地拒绝爱德华掺和他们的对谈，虽然乔里亚乌在努力让爱德华加入聊天。乔里亚乌最后终于转向爱德华说：

"保险公司怎么样了？"

"挺好的。"爱德华说。

他脸红了。他欠老板十万法郎，那是他两个月的薪水。他还欠乔西五万。他试着不去想这些，但是一整天他都焦虑不安。

"这是我需要的，"乔里亚乌漫不经心地说，"这样一份工作。有了这样的工作，我们就能平静下来，不用为了排练一出戏而疯狂担心钱的问题。"

"我觉得您可做不了这种工作，"贝阿特里斯说，"这几乎就是挨家挨户……"

她脸上浮现出一抹嘲讽爱德华的微笑。

爱德华没有动，但是吃惊地看着她。乔里亚乌接着说：

"您弄错了，我去卖保险的话肯定卖得挺好的。我所有的说服力都能用得上了：'女士，您的脸色很差，您要死了，所以快上保险吧，这样您的丈夫就能靠着那一小笔再娶了。'"

他放声大笑。但是爱德华用一种不确定的声音提出抗议：

"其实，我在做的工作并不完全如此。我有间办公室。我在办公室里挺无聊的，"他补充道，用一种辩白的声音来突出提及"办公室"的明显意图，"但实际上，我的工作主要是整理……"

"安德烈，您还想再来点威士忌吗？"贝阿特里斯打断了他。

一阵沉默。乔里亚乌绝望地努力说：

"不，谢谢了。我上次看过一部很棒的电影，叫《死亡保险》[1]。您看过吗？"

是问爱德华的。但是贝阿特里斯再也无法克制自己了。她想要看到爱德华离开。不过显然，他会留下来，因为贝阿特里斯三个月以来的态度已经默许了这件事情。

---

1 比利·怀德（Billy Wilder）执导的上映于 1944 年的犯罪电影，中译名《双重赔偿》。文中为法译名直译 *Assurance sur la mort*。

他会留下来，会在自己的床上睡觉，而这让她很烦。她，烦得要死。她在寻找复仇的方法。

"您知道，爱德华从外省来。"

"我是在卡昂看的那部电影。"爱德华说。

"卡昂，绝了！"她嘲讽地重复着城市的名字。

爱德华站起来，感到一丝眩晕。他看上去是那么震惊，以致乔里亚乌发誓有一天会让贝阿特里斯为此付出代价。

爱德华站着，犹犹豫豫。他只能想到贝阿特里斯不再爱他这件事，甚至想不到他激怒了她这一点。这是他当下人生的祸根，他从来没有想象过任何诸如此类的事情会发生。然而，他用一种礼貌的声音说：

"我让您厌烦吗？"

"完全不呀。"贝阿特里斯野蛮地说。

他又坐下了。他期盼着黑夜和暖和的床铺，那时他就可以对贝阿特里斯发问。她美丽、悲伤的脸在半明半暗中靠在他旁边，对他来说那就是最好的回答。他在肉体上爱着贝阿特里斯，虽然她忽冷忽热。事实上，这使他更加被她吸引。他找到了最谨慎也最狂热的举动。他好几个小时手肘撑着头，想钟情于一个死去的人，看着她睡着。

这一夜，她比平时还疏离。贝阿特里斯毫无忏悔之情，这就是她的魅力所在。他睡得很不好，开始相信自己的不幸。

因为完全不确定乔里亚乌的情感，贝阿特里斯犹豫着要不要抛弃爱德华。从来没有人如此狂热、毫无保留地爱过她，而她清楚这一点。然而，她减少了与他见面的机会，爱德华发现自己在巴黎成了孤家寡人。

在此之前，巴黎对他而言只有两条路：从他的办公室走到剧院的路，以及从剧院走到贝阿特里斯公寓的路。在最大的城市中，人人都依据自己的热情所在圈定着最小的世界。很快，爱德华发现自己迷失了。他机械地重复着同样的路线。但是，由于贝阿特里斯不许他去自己的住所，因此他每天晚上都去剧院买张票。他心不在焉地听着演出，等待贝阿特里斯的到来。贝阿特里斯扮演了一个修女的角色。她在第二幕出场，对一个提前来找情人的年轻男人说：

"您知道，先生。对一个女人而言，时间往往就是时机。在约好的时间之后，有时候还有时机。但是在约好的时间之前，从来就没有对的时机。"

不知为何，这个没意义的句子撕碎了爱德华的心。他等着她，他已经熟记了这句话前面的三句对白。于是，当贝阿特里斯说出这句台词的时候他闭上了眼睛。她让他想起了那些幸福的时光——贝阿特里斯还没有这些工作应酬，没有什么偏头痛，以及所有这些去妈妈家里吃的晚餐。他不敢对自己说："那些贝阿特里斯爱我的时间。"无论他如何不自知，一直以来他也感觉得到，他是爱的那一个，而她是被爱的那一个。他几乎不敢表达："她永远不会和我说她不再爱我。"然后从中获得了一种苦涩的满足。

尽管他在午餐上花钱非常节省，但很快，他就连一张剧院加座都买不起了。他和贝阿特里斯的碰面变得更少了。他什么都不敢说。他怕了。然后，因为他不知道如何假装，他和她的碰面变成了一连串无言而激烈的提问，而这些问题非常打扰年轻女人的精神情绪。除此之外，贝阿特里斯在为乔里亚乌的下一部戏剧中自己的角色做准备，因此她不想再看见爱德华的脸——至少不想比乔里亚乌的更常见到，必须承认这一点。她拥有了一个角色，一个真正的角色，于是，卧室里的镜子重新成为她最好的朋友。镜子映照出来的不再是一个栗色头发的年轻人长长的身体和弯曲的颈背，而是一出十九世纪戏剧里情感饱满的女主角。

爱德华，为了排遣自己的忧伤和他对贝阿特里斯身体的欲望，开始在巴黎城里行走。他每天走十几公里，以一张消瘦、分心、挨饿的脸庞面对着沿途的女人。若是他稍加留意，他会有不少艳遇。但是他对她们视而不见。他想方设法地理解。理解发生了什么，他到底做了什么才错过了贝阿特里斯。他无法得知，因为恰恰相反，他太配得上贝阿特里斯了，而这也不能被原谅。一天晚上，他因为太过悲伤，而且两天没吃东西了，于是走到了马利格拉斯家门口。他进去了。他看到叔叔坐在长沙发上，翻着一份戏剧杂志，这让他很惊讶，因为阿兰应该是读《新法兰西杂志》[1]的那类人。他们彼此投以惊讶的眼神，因为他们两个人都挺憔悴的，但是他们不知道他们的憔悴出于同一个原因。法妮走进来，抱了抱爱德华，因为他糟糕的脸色惊讶不已。相反，她本人显得越发年轻，惹人喜欢。她的确决定无视阿兰的表现，多去美容院跑跑，保证她的丈夫有一个迷人的家庭。她很清楚，这是一种女性杂志会给出的解决办法，但是，既然聪慧在这种情况下似乎发挥不了任何作用，她就不再犹豫了。第一次生气过去后，她只希望过上安稳幸福的日子，至少希望阿兰保持平静。

"我的小爱德华，您看上去很累。是不是因为保险业的工作？您要好好照顾自己。"

"我很饿。"爱德华承认道。

法妮笑了起来：

"跟我来厨房，还有些火腿和奶酪。"

---

1 《新法兰西杂志》(*La Nouvelle Revue française,* NRF)，法国文学月刊，创办于 1908 年，由伽利玛出版社出版。

第　九　章

　　他们正要走出客厅时，阿兰突然开口叫住了他们。那个声音如此平淡，反倒显得如此悦耳。

　　"爱德华，你看过贝阿特里斯在《歌剧》杂志上的这张剧照吗？"

　　爱德华一下子跳起来，朝叔叔的肩膀倾过身去。照片上，贝阿特里斯身着礼服。"年轻的贝阿特里斯·B作为女主角在雅典娜剧院排练新戏……"法妮朝着自己丈夫的后背看了一眼，又看了看他侄子和他靠在一起、一起倾向报纸的背影，然后转身走开了。她照了照厨房里的小镜子，高声说：

　　"我生气了。我莫名其妙地来火。"

　　"我出去了。"阿兰说。

　　"今晚你还回来吗？"法妮用温柔的声音问道。

　　"我不知道。"

　　他没看她，他不会再看她。现在，他只是和马德莱娜酒吧里的女孩整夜整夜地喝酒，然后回到女孩的房间，但通常不会碰她。她和他讲了一些自己客人的故事，他听着，没有打断她。她在圣-拉扎尔火车站边有一个房间，百叶窗朝向一面反光镜，在天花板上打出条纹状的光线。当他喝多的时候，他会立刻睡着。他不知道乔里亚乌替他给女孩付了钱，所以将她的好意解读为她对如此温柔有教养的男人立刻产生的爱意。他禁止自己想法妮，她的幽默感总是安慰着他。

"您很久没吃饭了吗？"

法妮爱怜地看着狼吞虎咽的爱德华。他抬起眼看着她，在她炽热的眼神里感受到溢出的感激之情。他有些崩溃。他太孤单、太不幸了，法妮太好了。他急急忙忙地喝完了一杯啤酒，为了松开攥紧他喉咙的老虎钳。

"两天没吃了。"他说。

"没钱吗？"

他点了点头。法妮感觉很生气：

"您疯了，爱德华。您明知道我们的家门会为您打开。只要想，您随时都可以来。不要等到快昏倒的时候再来。这太荒谬了。"

"对，"爱德华说，"我太荒谬了。我甚至只剩荒谬。"

啤酒让他有点晕晕乎乎的。他第一次想要摆脱这沉

重的爱情。生活中还有别的事情，他知道——友情、感
情，特别是一个像法妮这样理解他的人。这个美妙的女
人，他叔叔要有怎样的智慧与运气才能娶到这样的女人。
他们去了客厅。法妮拿来了毛线，一个月来，她都在打
毛线。毛线是不幸女人最重要的精神力量之一。爱德华
坐在她脚边。他们生起壁炉。他们感觉好些了，他和她
都是。

"和我讲讲怎么了。"过了一会儿，法妮说。

她那时候的确认为，他要和她聊贝阿特里斯了，而
她终于也对这个女人产生了一定的好奇心。她一直觉得
她很美，挺活泼的，有点笨。或许爱德华能和她解释解
释她的魅力所在？而且，她有些怀疑阿兰追随的并不是
她这个人，而是一个概念。

"您知道我们……我的意思是贝阿特里斯和我……"

爱德华思绪变得混乱。她带着一抹会心的微笑。他
脸红了，同时一种揪心的懊悔穿过他的脑袋。的确，对
所有这些人来说，他曾是幸福的贝阿特里斯的情人。但
他不再是了。他断断续续地开始诉说。他越试着解释、

试着去理解不幸的原因，越清晰地感受到这种不幸。说到最后，他把头枕在法妮的膝盖上，痉挛一般的颤抖让他癫狂。法妮抚摩着他的头发，用震惊的声音说着"我可怜的孩子"。当他抬起头时，她感觉有些失望，因为她很喜欢他头发的柔软。

"我请求您的原谅，"爱德华羞愧地说，"这么长时间以来，我都太孤单了……"

"我知道什么是孤单。"法妮想都没想就说。

"阿兰……"爱德华开了个头。

但是他立刻就停下来，突然思考着阿兰古怪的态度和刚刚的离开。法妮还以为他知道呢。她对他讲述了丈夫的疯狂，只有在爱德华因对此一无所知而惊愕不已的表情前，她才意识到他并不知晓。一直不消的惊愕显得有些冒犯。但是一想到叔叔会爱上并想要得到贝阿特里斯，爱德华就动弹不得。他意识到法妮的悲伤，握紧了她的手。他跪坐在长椅上，因为忧伤而筋疲力尽。他任凭自己走上前，把头放在法妮的肩上，法妮放下了手中的毛线。

第 九 章

他睡了一会儿。法妮把灯关了，好让他更容易入睡。她一动不动，尽量小声呼吸，年轻男人的气息有规律地拂过她的脖颈。她的心有点乱，试着不要多想。

一小时后，爱德华醒来了。他身处黑暗之中，枕在女人的肩上。他的第一个动作是一个男人的动作。法妮抱紧了他。而后的动作接踵而至。黎明，爱德华睁开眼睛。他在一张陌生的床上。他眼前，床单上，摊着一只戴满了戒指的苍老的手。他又闭上眼睛，然后起床离开。法妮假装睡着。

第二天，乔西立刻给贝尔纳打了电话，说她有话对他说，他立刻明白了。其实他一直都明白，他在自己的平静中意识到这一点。他需要她，他爱她，但是她不爱他。这三句话形成了一种痛苦和虚弱的闭环，他需要很长时间才能逃开。普瓦捷的三天将会是这一年唯一的礼物，是一年中唯一令他感到幸福且是个男人的时刻。因为不幸什么都不能教会我们，而顺从是丑陋的。

雨下得更大了，大家都说这不像春天的样子。贝尔纳去见乔西最后一面。到的时候，他看到她在等他。一切的发生就如同一幕他已谙熟于心的剧目。

他们坐在长椅上，雨下个不停，他们都疲惫不已。她和他说她不爱他　他回答说没关系，他们对话的贫乏让他们眼含热泪。那是一张协和广场上到处都有的长椅，周遭的车川流不息。那里，城市的灯光像童年的回忆一样令人痛苦。他们握着彼此的手，他向乔西的脸靠过去，她的脸上满是雨水，他自己的脸上苦痛满溢。他们互换的是热恋情人的吻，因为他们是两个生活不幸的例子，这对他们来说无所谓。他们算是喜欢对方。徒劳无功地，贝尔纳试图点燃的被雨水浸湿的香烟，就是他们人生的写照。

因为他们无法真正明白什么是幸福，而他们已经知道他们永远不能幸福。而且，隐约中他们已经知道，不幸福也无所谓。完全无所谓。

和法妮共度那晚之后的一周，爱德华收到一封传达员的信，催他给裁缝付钱。他把自己最后几个子儿都用来给法妮送花了，他不知道的是，法妮还为此掉了些眼泪。爱德华只剩下一个解决办法，而他已经求助过这个办法了，那就是乔西。一个周六早上，他去了她家。她不在家，他反倒见到雅克正埋头于医学书。雅克和他说乔西会回来吃午饭，然后又回到了自己的学业里。

爱德华在客厅里转圈。一想到要等她，他就感到很绝望。他的勇气正在消散。他已经在为来访找别的理由了。于是雅克走到客厅，含糊地瞥了他一眼，然后坐在他对面，问他要不要抽一根烟。沉默变得令人难以忍受。

"您看起来不高兴。"雅克终于开口了。

爱德华点点头。雅克带着同情看着他。

"这不关我的事，你明白。但是我很少见到有人看起来这么烦闷。"

他几乎就要吹出一个表示惊讶的口哨了。爱德华对他笑了笑。雅克对他挺热情的。他既不像戏剧界的年轻人，也不像乔里亚乌。爱德华感觉自己重新成为一个男孩。

"女人啊。"他简短地说。

"我可怜的兄弟！"雅克说。

一段沉默，充满了两个人的回忆。雅克咳嗽了一声：

"是乔西吗？"

爱德华摇了摇头，表示否定。他有点想要让对方叹为观止：

"不是。是个女演员。"

"不认识。"他补充道，"那她应该不是一个好搞定的人。"

"啊不。"爱德华说。

"我去看看我们能不能喝一杯。"雅克说。

他站起来，经过的时候拍了爱德华一下，虽然下手有点重，但充满善意。然后，他带了一瓶波尔多红酒回来了。乔西到家的时候，他们两个人已经手舞足蹈、称兄道弟，大聊特聊着女人这个话题。

"您好，爱德华。您看起来气色不错。"

她挺喜欢爱德华的。他有那种令她动容的、解去甲胄的表情。

"贝阿特里斯怎么样？"

第 九 章

　　雅克对她打了一个特别明显的手势，连爱德华都吓
了一跳。他们三个人面面相觑，然后乔西爆出笑声。

　　"我想应该不怎么样。要不您和我们一起吃午饭？"

　　下午他们一起在树林里散步，一边聊着贝阿特里斯。
爱德华和乔西挽着手臂，走过一条又一条林荫道。与此
同时，雅克走进矮树丛里，扔松果玩，像个林中人一样，
又时不时回来说"这个贝阿特里斯应该被好好打屁股"。
乔西在笑，爱德华感到一些安慰。最后他承认自己需要
钱，她和他说不要担心。

　　"我最需要的，我想，"爱德华红着脸说，"是
朋友。"

　　这个时候，雅克走来了，对他说他有朋友了，至少
对他来说有了。乔西更夸张。从此以后的晚上他们都在
一起。他们感觉友好、年轻又挺幸福的。

　　乔西和雅克在日常生活中的出现虽然能给爱德华带
来安慰，却以另一种方式让他更加绝望。根据他同他们
讲述的自己和贝阿特里斯的最后几次相处，他们断言他
已经失去了贝阿特里斯。然而，他对此并不那么肯定。

他有时候在两次彩排之间和贝阿特里斯见面；有些日子，她会温柔地拥抱他，叫他宝贝；有些日子她又不看他，好像烦他了。他决定搞明白这件事，虽然这个表达在他看来不切实际。

他在剧院对面的一间咖啡厅里见到了贝阿特里斯。她比以往任何时候更美，因为她疲惫、苍白，带着他如此喜爱的悲伤而典雅的面容。那是她漫不经心的日子中的一天，而他更希望那天是个温柔日子，从而更有机会听到她回答："当然了，我爱你。"然而，最终他还是决定和她说：

"演出还顺利吗？"

"我整个夏天都要排练。"她说。

她急着离开。乔里亚乌应该去排练了。她一直都不知道他是否爱她，也不知道他想不想要她，更不知道她在他眼中是否只是一个演员。

"我有话要跟你说。"爱德华说。

他低下头。她看到他柔软的发根，她曾那么喜欢抚摩这些发丝。但他对她而言已经变得完全无关痛痒。

"我爱您，"他说，但是没有看她，"我以为您不爱我，或者说，您不爱我了。"

他热烈地渴望她在他还在猜测的这点上给他一个明确的回答。有没有可能那些夜晚、那些喘息、那些笑容……？但是她没有回答。她朝着他头的上方看去。

"回答我。"他终于说。

不能继续这样了。她得开口！他痛苦不已，在桌子下面机械地捏手。她似乎从一个梦中醒来。她想：真烦人！

"我的小爱德华，有些事情你要明白。我不再爱您了，的确，尽管我非常喜欢您。但是我曾非常爱您。"

她注意到自己的感情中带有太多个"非常"。爱德华抬起头来。

"我不相信。"他悲伤地回答。

他们看着彼此的眼睛。这对他们两人来说是难得的事情。她想要对他大喊："不，我没有爱过您。所以呢？为什么我爱过您？为什么一定要爱谁？您觉得我只有这点事可做吗？"她想着剧院的舞台，想到镁光灯下苍白或暗淡的舞台，一股幸福的感觉便占据了她的身体。

"好，那别信我。"她开口说道，"但对您而言，我永远是一个朋友，不管发生什么。您是一个迷人的男人，爱德华。"

他打断了她，低声说：

"但是夜里……"

"什么叫'夜里'？您……"

她停下了。他已经离开了。他像个疯子一样走在街上，他说"贝阿特里斯，贝阿特里斯"，他想要撞墙。他恨她，他爱她，他们共度的第一夜的回忆让他路都走不稳。他走了好久，然后到了乔西家。她让他坐下，给他倒了一大杯酒，没有和他说话。他像一块石头一样沉沉睡去。他醒来的时候，雅克到家了。他们三个人一起出门，回到乔西家时三个人都已经酩酊大醉，他们把爱德华安排在客房住下。他在那里一直待到了夏天。他还爱着贝阿特里斯，就象他叔叔一样，总是从戏剧版开始读报纸。

第 九 章

夏天落在巴黎城上，沉闷得像块石头。每个人都顺着自己的情感或习惯一如既往。六月刺眼的阳光让这些夜行动物抬起失魂落魄的脑袋。是时候出发了，去为过去的这个冬天寻找一种延续或某种意义。人人都感受到假期将至带来的自由和孤单，思考着和谁一起去度假、如何度假。只有被排练困住的贝阿特里斯逃开了这个问题。而阿兰·马利格拉斯呢，他没完没了地喝酒，贝阿特里斯对他来说只是一个浑浑噩噩的借口了。他已经养成习惯说："我有一份满意的工作，一个迷人的妻子，惬意的生活。那又怎样呢？"没人知道要怎么回答这句"那又怎样"。乔里亚乌只是简单地向他指出，现在再去深究这个"那又怎样"有点太迟了。但是，当然，喝一杯永远不会太迟。

就是这样，阿兰·马利格拉斯发现自己处于某种不安之中，同时找到治好这种不安的方法——女孩和酒精。年轻男人好像都是如此。这就是诸如文学嗜好之类的猛烈但过早到来的情感令人烦扰的地方；它们最后总让我们转而走向不那么令人激动，但更具生命力，同时也因为晚来而更为危险的情感。伴随着一种无比的安逸，阿兰沉溺其中，好像终于找到了休憩之所。他的生命是一个个昏沉的白昼和一个个激动的夜晚，因为女友雅克林娜爱嫉妒，甚至为此发脾气——这点倒让他陶醉。"我就像波德莱尔写的异乡人[1]，"对着怔住的贝尔纳，他说，"我看着云，美妙的云。"

贝尔纳明白他为什么爱这个女孩，但不明白他为什么爱这种生活。不过，贝尔纳的困惑中还夹杂着一丝隐隐约约的羡慕。他也想喝酒，想忘记乔西。但是他很清楚自己不想逃避。一天下午，他因为一个现实问题去见法妮，他惊讶于法妮那么瘦，还有她戒备的姿态。他们自然而然地聊起了阿兰，因为他的酒瘾对谁来说都不是秘密。贝尔纳替他承担了办公室里的工作，但大家还是过于惊讶，无法给事情下个结论。

"我能做什么？"贝尔纳问。

1　《异乡人》为法国诗人夏尔·波德莱尔散文诗集《巴黎的忧郁》的第一篇，最后一句为："我爱云彩……飘过的云彩……那边……那边……美妙的云彩！"

"什么都做不了,"法妮平静地回答,"他有我完全不了解的那一面,他自己可能都不了解。我想,两个人一起生活了二十年,却彼此不了解到这个程度……"

她做了个忧愁的小鬼脸,让贝尔纳很吃惊。贝尔纳握住她的手,没想到她瞬间把手抽了回去,满脸通红。

"阿兰在经历一次危机,"他说,"没那么严重……"

"一切都是从贝阿特里斯开始的。她让他明白自己的生活一片空白……对、对,我知道,"她厌烦地说道,"我是一个好伴侣。"

贝尔纳想到阿兰动情地讲述着自己新生活的样子。那些细节,那些马德莱娜酒吧里平庸的场景,都被赋予了意义。他吻了吻法妮的手,离开了。他在楼道里遇到了来看法妮的爱德华。爱德华和法妮从未提起过他们的那一夜。她只是简单地用平静的语气感谢他第二天送来的花。他只是坐在她的脚边,两人一起透过落地窗看着六月刺眼的阳光落在巴黎城上。他们聊生活,聊乡下,漫不经心地、温柔地说着话,这却让爱德华越发觉得在法妮家里,他体会到一种前所未有的末日感。

在她脚边坐着的爱德华用一种变得含混不清的痛苦和强烈的不安欺骗自己。这种不安每三天就将他带回她身边，好像要确定自己没有给她带去伤害。然后，他带着某种如释重负的愉快心情回到乔西的公寓。他在那里见到雅克，雅克在为刚刚参加的考试焦虑不安，而乔西一门心思扑在地图上，因为他们三人六月底要动身去瑞典。

他们按计划出发了。马利格拉斯一家则受邀去乡下的朋友家待一个月。阿兰整天将酒瓶喝得底朝天。只有贝尔纳一整个夏天都留在巴黎写小说，妮可则在父母家休息。至于贝阿特里斯，她暂停排练，去地中海沿岸和母亲会合，有了些艳遇。空空荡荡的巴黎城回响着贝尔纳不知疲倦的脚步声。是在这个长椅上，他最后一次吻了乔西；是在这间酒吧里，他打电话告诉她那个糟糕的夜晚，而她彼时不是孤身一人；是在他们回来的晚上，当他以为自己终于拥有了什么时，他停下脚步，沉醉在幸福之中……书桌上的灰尘在阳光下清晰可见，他长时间阅读，其中又奇怪地掺入一些无比安静的时刻。他走向金色的桥，带着遗憾和对这些遗憾的记忆。这光彩夺目的巴黎常让他想起多雨的普瓦捷。然后，九月，其他人都回来了。他遇见了开着车的乔西，她在人行道边停下和他说话。他把手肘撑在另一扇车门上，看着她蓬松黑发下晒黑了的消瘦脸庞，他想，他永远也放不下。

对，旅途很顺利，瑞典很美。爱德华抛下他们，不过没事，因为雅克……她不说了。他怒不可遏：

"你可能觉得我很没礼貌。但是我觉得这些平静的幸福并不适合你。"

她没有回答，悲伤地对他笑了笑。

"请原谅我。我没有资格说什么幸福，不管是平静的还是不平静的。我没有忘记你是今年唯一让我幸福的人……"

她把手放在他的手上。他们的手长得一模一样，只是贝尔纳的大一些。他们都发现了这一点，却都没说话。她开车走了，他回到自己家里。他因为悲伤而变得体贴又平静，妮可因此感到幸福。总是这样。

"贝阿特里斯，到您了。"

贝阿特里斯从黑暗中走出来，走到舞台上灯光照射的区块里，伸出手臂。难怪她生活空虚，乔里亚乌突然这样想，她每天都有这么一整片空间、一整片安静要填满，我们也不能要求她……

"看……她应对得挺好。"

他身边的记者紧盯着贝阿特里斯。这是最后几次彩排了，乔里亚乌已经料想到，贝阿特里斯将成为年度新星，或许还能成为一名了不起的演员。

"给我介绍介绍她。"

"她会自己给您介绍的，哥们儿。我只是这部剧的导演。"

记者笑了。整个巴黎都相信他们的关系非同寻常。乔里亚乌去哪儿都带着她。但是因为对浪漫传奇的偏好，他等着彩排结束再让他们的关系"合法化"，虽然贝阿特里斯觉得有一个情人更有益身心。要不是他对她的名誉有那么大的影响，她会恨死他的。

"您怎么认识她的？"

"她会和您讲的。她很会讲故事。"

贝阿特里斯的确很会和媒体打交道。她回答问题的时候既友好又高姿态，很像一个名副其实的"剧场女人"。幸运的是她还未出名，没拍过电影，也没有丑闻。

她朝他们走来，面带笑意。乔里亚乌给他们做了介绍。

"你们聊，我先走了。贝阿特里斯，我在剧院酒吧等您。"

他离开了。贝阿特里斯目送他离开，长长的目光旨在向记者透露后者已然知道的事情，然后终于回过身来面向记者。

半小时后她和乔里亚乌会合，他在喝一杯杜松子酒，她觉得这一杯的选择很明智，拍了拍手，然后自己也要了一杯。她用吸管喝她那杯杜松子酒，时不时地将她深邃的大眼睛抬起来望向乔里亚乌。

乔里亚乌柔和下来。她的小胡闹和小野心让她变得多讨人喜欢呀！这种对成功的偏好在生活这一巨大的马戏场里是多么可笑！他意识到自己对事物持有一种玩世不恭的态度。

"多虚幻呀，亲爱的贝阿特里斯，我们这些天的所有努力……"

他开始发表一篇长长的演说。他热爱长篇大论。他花了十分钟和她解释什么，她仔细地听，然后用一句无比智慧又通俗的小短句总结了他的整篇发言，为了让他知道自己听明白了。"说到底，如果她能用一句话总结出来，那是因为我的这段话三言两语就能说清楚。"每次都这样，他指出自己的平庸，充满了一种极度的愉悦。

"的确如此，"最后她说，"我们微不足道。幸好我们常常忘记我们微不足道。或者我们什么都没做。"

"正是如此，"乔里亚乌大喜，"您是完美的女人，贝阿特里斯。"

他亲吻她的手。她决心弄明白：他想要她，或者他爱的是男人？她不认为对一个男人来说还有第三种选项。

"安德烈，您知道外面流传着一些不利于您的消息吗？我是出于朋友的立场才和您聊这个的。"

"关于什么的？"

"关于——"她放低声音,"——关于您的生活作风。"

他放声大笑。

"那您相信这些传言吗?亲爱的贝阿特里斯,如何让您醒悟过来?"

他在嘲笑她,她瞬间明白了。他们定定地看着彼此。他抬起手来,就像在预防一次电光石火。

"您很美,很诱人。我希望有一天,您能留给我更长时间,让我对您讲述这一切。"

她像女王一样把手从桌子上方朝他伸过去,他高兴地亲了她的手。显而易见,他很喜欢他的工作。

第
十
章

　　终于到了彩排夜。贝阿特里斯站在自己的化妆室里。她看着镜子里这身奇特的绸缎服装。她惊愕地看着。正是这身衣服将决定她的命运。剧场里闷闷的嘈杂声已经传来，但是她感觉自己僵住了。她等待着没有到来的怯场。世界各地的好演员都会怯场，她知道。但是她只能看着自己，一动不动，机械地重复着角色的第一句台词："又是他！我已经受到了他的恩惠，还不够吗？……"

　　什么都没有发生。双手微微出汗，一种荒谬的感觉。她期待这个时刻已经这么久，也努力了这么久。她需要成功。她冷静下来，拉直了一绺头发。

　　"您美极了！"

乔里亚乌刚刚打开门，面带微笑，穿着便礼服。他走向她：

"我们不得不在这儿演出，真是太遗憾了。我应该带您去跳舞的。"

不得不！……穿过打开的门，声音变得更响了，她突然明白了。"他们"等着她。她会拥有所有那些紧盯着她的目光，所有这些凶狠的、嗡嗡的苍蝇。她怕了。她牵起了乔里亚乌的手，握了握。这是她的盟友，但是他要留她一个人。那一刻她恨他。

"要下去了。"他说。

他想象了一下第一幕的舞台，幕布拉开，她背对着观众。她应该靠在钢琴上，直到对手戏演员讲完第二句再转过身来。他知道为什么：他自己站在一个幕布后面，当幕布在她身后升起时看着她的面部表情。这比戏剧的成功更让他感兴趣。动物一样的贝阿特里斯会做什么？他会把她安排在钢琴前，站在她的位置上。三声敲打回响在剧院里。她听见幕布滑动的声音。她定定地看着钢琴另一边琴罩的皱褶。现在"他们"看见她了。她向前伸出手，整理皱褶。然后，她感觉某个仿佛不是自己的人转过身来："又是他！我已经受到了他的恩惠，还不够吗？"

说完，她穿过舞台。她忘记了前来和她碰面的男演员是她不共戴天的仇敌，因为他的角色和她的一样重要；她忘记了他是同性恋。她会爱他，需要讨他开心，他有一张充满爱意的脸。她甚至再也看不见右手边呼吸着的乌压压的人群，她终于活了。

乔里亚乌目睹了琴罩的插曲。他有一秒钟快速的直觉，意识到有朝一日贝阿特里斯会让他吃苦头。然后，在第一幕结尾的掌声中，她回到他身边，完好无损，武装到牙齿。他不能自持地笑了起来。

这是一次成功的演出。乔西很高兴，她总是对贝阿特里斯抱持一种愉快的共情。她朝着右边的爱德华投去一个询问的眼神。他似乎并没有特别感动。

"我肯定更喜欢电影，但是这也不错。"雅克说。

她对他笑了笑，他握住她的手，而她，那么讨厌任何公共场合秀恩爱的她，让他这么做了。他们已经两周没见了，因为她不得不到摩洛哥父母家去。一直到这天下午，他下课后才在朋友家里看到她。她坐在一扇打开的落地窗前，因为天气温暖，她看到他把自己的外套扔在玄关，然后急急忙忙地走进客厅。她没有动，只是感觉到一种抑制不住的笑意让嘴角上扬。他停下来，看着她，带着一样的几近痛苦的笑容。然后，他朝她走来，在他走来的这三步之中，她明白了她爱着他。他很高，有点蠢，热烈。当他将她抱在怀中，又因为其他人在场而很快放开她时，她将手伸入了他红色的头发，脑袋里没有其他任何想法，只有这一个念头：我爱他，他爱我，真令人难以置信。从那以后，她的呼吸都满含着无限的谨慎小心。

"阿兰似乎快要睡着了。"爱德华说。

的确，马利格拉斯时隔三个月后颤抖着来到剧院，重新见到了贝阿特里斯，然后像一块石头一样定住了。这个美丽的陌生女人在舞台上的举手投足都充满了才华，却与他再无干系。落幕后，他试图寻找一种与她在酒吧碰面的方法，更何况他渴了。贝尔纳很聪明，在第一次幕间休息时带他去喝了一杯苏格兰威士忌，但是第二次幕间休息时他就不敢移动了。法妮没有抱怨，但是他能猜到她的想法。而且现在灯光又暗了下来。他叹了口气。

太美妙了。她知道那很美妙。所有人都在和她说她演得多好。但是这种肯定对她而言没有任何意义。明天，或许她会念叨着这些话醒来，确信自己终于成为贝阿特里斯·B，年度新人。但是今晚……她瞥了乔里亚乌一眼，后者将她送回了家。他开得很慢，看上去在思考。

"您怎么看这次成功？"

她没有回答。成功，是她在彩排后晚餐时到处迎上的一个接一个的眼神，是这些赫赫有名的面孔对她说出的一个个夸张的句子，是一连串问题。赢了，赢了些什么，她有点惊讶，赢了的证明是如此零散。

他们到了她家楼下。

"我能上去吗？"

乔里亚乌给她打开车门。她累得头发昏，但是她不敢拒绝。所有这些可能都有迹可循，但是她无法把握让

第 十 章

她从少年时代起就从未放松过的这种野心，和使它们如愿以偿的夜晚之间的联系。

她坐在床上，看着他卷起衬衫袖子，在房间里绕圈走。他聊着剧。这个行为很像他会做出来的事情，就是在选择、导演并排练一部剧三个月后仍对这个主题充满兴趣。

"我太渴了。"他终于说。

她给他指了厨房的方向。她看着他走出去。有点窄的肩膀，太过活跃。她有一瞬间重新感受着爱德华弯弯曲曲的长长的身体，感到一丝遗憾。她希望爱德华在这里，希望有一个非常年轻的随便哪个人来让她沉迷于这个夜晚，与她一起嘲笑这场戏，好像在嘲笑一出无比滑稽的闹剧。但是这里只有乔里亚乌和他那些可笑的评语。而她必须和他共度今晚。她的眼睛里充满泪水，她突然感觉到自己的软弱和稚嫩。眼泪涌出，她呢喃地对自己重复着说："这一切都很美妙。"乔里亚乌回来了。幸好贝阿特里斯知道如何不动声色地哭泣。

半夜的时候她醒来了。彩排的回忆立刻涌上心头。

但是她想到的不再是自己的成功。她想到的是幕布升起的三分钟，她转过身来，通过简单的身体移动克服的巨大障碍。现在，每天晚上这三分钟都属于她。她已经隐约猜到，这是她人生中唯一真实的几分钟，而这就是她的命运。她平静地重新睡去。

第十一章

　　接下来的周一，马利格拉斯夫妇照例举办了他们的聚会，那是春季以来的第一次聚会。贝尔纳和妮可、凯旋而谦虚的贝阿特里斯、爱德华、雅克、乔西……大家都去了。这是一个非常快乐的晚上，阿兰·马利格拉斯有点蹒跚，但是没人注意到这一点。

　　有一刻，贝尔纳重新走到乔西身边，他们靠着墙，看着其他人。

　　因为他对她提了个问题，她用下巴指给他一个法妮保荐的年轻音乐家。音乐家坐到钢琴前，开始弹奏。

　　"我知道这首曲子，"乔西小声说，"很好听。"

第十一章

"和去年是一样的。您记得吗，我们当时在那里，一样的人，他弹的就是这首曲子。他应该没有别的想法。话说回来，我们也没有。"

她没有回答。

她看着客厅另一端的雅克。

贝尔纳跟随着她的眼神看去。

"总有一天您会不再爱他，"他喃喃地说，"可能有一天我也会不再爱您。"

"那我们又是独自一人了，一切都没变。又是一年过去了……"

"我知道。"她说。

黑暗中，她牵起他的手，握了握，但是没有把眼睛转向他。

"乔西，"他说，"难以想象。我们都做了什么？……发生了什么？所有这些意味着什么？"

"别开始这么想，"她温柔地说，"不然我们会疯掉。"